KB275132

선생님, 내 부하 해

선생님, 내 부하 해

せんせいけらいになれ
灰谷健次郎

선생님, 내 부하 해

하이타니 겐지로 지음
햇살과나무꾼 옮김

양철북

옮긴이 **햇살과나무꾼**

동화를 사랑하는 사람들이 모여 만든 곳으로, 세계 곳곳에 묻혀 있는 좋은 작품들을 찾아 우리말로 소개하고 어린이의 정신에 지식의 씨앗을 뿌리는 책을 집필하는 어린이책 전문 기획실이다. 지금까지 《나는 선생님이 좋아요》 《학교에 간 사자》 《프린들 주세요》 《금요일에 만난 개, 프라이데이》 들을 우리말로 옮겼으며, 《석기 시대로 떨어진 아이들》 《거북선이여, 출격하라》 《가마솥과 뚝배기에 담긴 우리 음식 이야기》 《위대한 발명품이 나를 울려요》 들을 썼다.

선생님, 내 부하 해

1판 1쇄 발행 2009년 12월 7일 | **1판 7쇄 발행** 2015년 5월 8일

지은이 하이타니 겐지로 | **옮긴이** 햇살과나무꾼
펴낸이 조재은 | **펴낸곳** (주)양철북출판사 | **등록** 제25100-2002-380호(2001년 11월 21일)
편집 임중혁 김연희 이정남 | **디자인** 나지은 | **마케팅** 조희정 | **관리** 정영주
주소 서울시 마포구 양화로8길 17-9 | **전화** 02)335-6407 | **팩스** 02)335-6408
ISBN 978-89-6372-011-1 03830 | **값** 9,000원

카페 http://cafe.daum.net/tindrum 블로그 http://blog.naver.com/tin_drum

※잘못된 책은 바꾸어 드립니다.

어이
어린이들
메롱

야이
어른들
메에롱

사람에게는 생명을 준 어머니 외에 '정신의 어머니'라고 부를 수 있는 존재가 있습니다. 나에게는 《선생님, 내 부하 해》가 바로 그런 존재입니다. 17년 동안 아이들을 가르치면서 이 책 한 권밖에 펴내지 못한 까닭은, 이 책이 내게는 대지처럼 무겁고 바다처럼 넓은 것이기 때문입니다. 《선생님, 내 부하 해》는 학교를 떠나와 어린이 문학 작가로 일하고 있는 지금도 나의 피와 살이 되어 움직이고 있습니다. '무인도에 책 한 권을 가지고 간다면?' 이라는 질문에 성서를 꼽는 사람이 있는데, 나에게 《선생님, 내 부하 해》는 그야말로 성서이자 내 정신의 책입니다.

고미야마 료헤이 씨는 코르네이 추콥스키를 기리며 말했습니다.

"어린이, 그들은 당신에게 단순히 미숙한 존재가 아닙니다. 가장 완벽한 창조물이며, 손상되어서는 안 되는 인류의 원형입니다. 어린이는 결코 쓸모없는 존재이거나 귀여운 애완동물이 아니라, 인간의 일생에서 가장 풍요롭고 의미 있는 노동을 하는 지적 노동자이자, 인류의 창조성을 보장하는 원동력입니다. 어린이는 낙천적이고 진취적이고 자유로운 존재이며, 바라보는 것만으로 우리 마음에 평화를 깃

들게 하는 사상가입니다. 이런 어린이들에게는 가르칠 것보다 배울 것이 많다는 점을 당신은 항상 지적했습니다."

어린이가 독창적인 사상가라는 사실은 《선생님, 내 부하 해》에 등장하는 아이들이 멋들어지게 증명하고 있습니다. 아이들의 발언은 우리 속에 있는 비뚤어진 부분, 부패한 부분을 통렬하게 깨부술 뿐 아니라 자신들의 미래상까지 보여 줍니다.

'선새외나에뼈주세요'라고 했던 5학년 사사오는 나에게 인간의 저항이 얼마나 중요한지를 가르쳐 주었고, '하느님이 화를 내도 뿡뿡 방귀를 뀌어서 얼렁뚱땅 넘어가겠습니다'라는 걸작을 남긴 3학년 미쓰야마는 유머의 진정한 의미를 가르쳐 주었으며, 〈껌 하나〉를 쓴 무라이는 '인간이 맞서 싸워야 할 것이 무엇인가'라는 가장 근원적인 질문을 던져 주었습니다. 한쪽 다리를 잃고서도 낙천성을 잃지 않고 '뼈야, 너는 나한테 다리가 있는 줄 알고 자라 주었구나'라고 했던 다카하시, 정신지체아인 치아키를 감싸며 함께 걸어 주었던 1학년 아이들…… 예를 들자면 끝이 없습니다. 이 아이들에게는 정말로 가르칠 것보다 배울 것이 더 많았습니다. 이 한 권의 책 속에 있는 우주는 나에게 힘을 주고 용기를 주고 똑바로 앞을 바라볼 수 있게 해주었습니다. 언젠가 내가 제대로 된 어린이 문학 작품을 남긴다면, 그것은 모두 이 책에서 솟아나온 아름다운 영혼의 결정체 때문이라는 것을 지금 이 자리에서 선언합니다.

1977년 7월 다루미(垂水)에서

하이타니 겐지로

차례

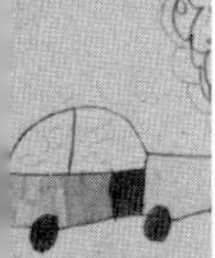

1장
어른 관찰 기록

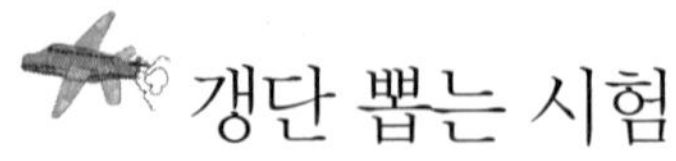# 갱단 뽑는 시험

—학교 갔다 오면 곧바로 공부해. 숙제할 거 있잖아?

—엄마가 부르는데 왜 대답을 안 하니? 텔레비전 좀 그만 봐.

—말대답하면 못써!

—버릇이 없구나. 이래가지고 어디 데리고 다니겠니?

—이렇게 늦게까지 어디서 놀다 온 거야? 너 같은 애는 우리 집 애 아냐. 그러니까 거기 계속 서 있어.

—넌 어째 허구한 날 싸움이니?

—누구야, 한눈파는 녀석이! 그렇게 한눈을 팔아서 선생님 말을 이해하겠어?

—글씨가 왜 이렇게 엉망이야. 좀 더 반듯하게 쓰는 습관을 들여.

—만화를 그리지 맙시다. 착한 어린이는 만화를 보지 않습니다.

—점수가 형편없구나. 아빠는 어릴 때 너보다 훨씬 공부 잘했어.

—투덜거리지 말고 어서 해. 요즘 애들은 입만 살았지 참을성이 없어.

어른들의 이런 잔소리 때문에 머릿속이 왱왱 울리는 사람은 지금부터 갱단이 되기로 합시다. 하지만 잠깐. 갱단에 들어갈 때도 시험을 봐야 합니다. 시험에 붙어야 갱단이 될 수 있습니다.

가장 하고 싶은 일

2학년 히로타 요시노리

비행기를 타고
똥을 마구 뿌려 보고 싶다

오줌도
하늘 위에서 실컷 싸 보고 싶다

이렇게 자기 생각을 눈곱만큼도 부끄러워하지 않고 당당하게 말할 수 있어야 갱단이 될 수 있습니다.
또 갱단은 갱단답게 용기가 있어야 합니다. 때로는 화도 벌컥 낼 줄 알아야 하죠. 위엄이 있어야 멋진 갱단이 될 수 있거든요.

선생님

2학년 오쓰카 신지

나

이제 선생님이 싫다
나
오늘 눈알이 튀어나올 만큼
화났다
나
내 짝꿍한테
친절하게 가르쳐 주고 있었다
나
딴 데 보고 있지 않았다
선생님이라도 무릎 꿇고 사과해
"신지, 용서해 줘."
하고 사과해

　하지만 무섭기만 한 갱단은 별 볼일 없는 이류 갱단입니다. 일류 갱단이 되려면 익살이 풍부해야 하죠. 갱단을 뽑는 시험은 꽤 어렵답니다.

염라대왕이 돼서

2학년　하라 소이치

염라대왕이 돼서
무지무지 두꺼운 공책에

언제 누가 무엇을 했는지 적어 둘 거다

선생님은 가끔 나한테
안마해 준다면서 막 때리니까
그 벌로 엄청나게 강한
전기 안마기에 앉힐 거다
잘못했다고 해도
절대 안 봐줄 거다
내 부하 도깨비한테 쇠몽둥이로
엉덩이를 백 대쯤 때리게 할 거다
그리고 지옥에 떨어뜨릴 거다
도망가려고 해도 소용없다
몇 천 몇 만 도깨비가 지킬 거니까
심술쟁이나 거짓말쟁이도
모두 커다란 펜치로 혀를 뽑아 버릴 거다
혀를 한가득 모아서
혀 전시회를 열어야지

일류 갱단이 될 수 있는지 알아보는 시험은 여기서 끝이 아닙니다. 눈으로는 사람의 마음을 볼 수 없습니다. 하지만 일류 갱단은 볼 수 있어야 합니다. 자기 마음, 남의 마음을 비추는 거울을 갖고 있지 않으면 절대로 이 시험에 붙을 수 없습니다.

아빠

2학년 시노 유리코

아빠는 툭하면 화를 낸다
나는 마음속으로
'아빠 바보.' 한다

마음속으로 하는 말은
아무도 못 알아들어서 편하다

오늘 아침
가요가 먼저 학교에 가자고 왔다
"유리코가 미적거리니까 그렇잖아.
한정 없이 텔레비전이나 보고 앉았고."
하고 또 화를 냈다
학교 가는 길에
'아빠 바보, 아빠 바보.'
열 번쯤 말하면서
마음속으로 프라이팬을
팡팡 두들겼다

이제 슬슬 시험이 끝나가는군요. 자, 이번에는 협박 편지를 쓸 수 있느냐 없느냐입니다. 갱단 체면에 협박 편지도 한 장 쓰지 못한다면 너무 한심하겠죠. 더구나 흔해 빠진 협박장은 아무 짝에도 쓸모가 없습니다. 읽자마자 어른들이 부들부들 떠는 협박장이어야 합니다. 어른들이 저도 모르게 "살려주세요!" 하고 소리치고 싶어지는, 그런 무시무시한 협박장 말이죠.

협박장 1호

2학년 마루 히데오

이케다 수상(이케다 하야토. 1960년~1963년에 일본 수상을 지낸 사람)

규(사카모토 규. 1960년대 일본의 유명한 가수)

지에리 후지오(일본의 인기 가수이자 배우)

하시 유키오(1960년대 일본의 유명한 가수)

나가시마 선수(나가시마 시게오. 일본의 야구 영웅으로 불린다)

경찰관

피터팬

미소라 히바리(일본의 유명한 가수)

아오이 타로

판사

오히라 관방장관(오히라 마사요시. 관방장관은 우리나라의 대통령 비서실장과 비슷한 일을 한다)

선생님

아빠

엄마

모두 오줌을 쏴 줄 테니까 그런 줄 알아

　여기까지 모두 합격한 사람은 일단 갱단으로 인정하겠습니다. 이 갱단의 가장 중요한 목적은 어른들을 무찌르는 것이므로 아직 혹독한 훈련을 쌓아야겠지만 아무튼 갱단 자격은 생겼습니다.

　그럼 합격했다는 증거로 총을 나눠 주겠습니다. 총은 종이, 총알은 연필입니다. 이것이 갱단의 무기죠. 이것으로 어른들을 습격하는 거예요. 자, 성적이 우수한 갱단이 한 발 쏘아 볼까요?

선생님, 내 부하 해

2학년　구보타 신페이

선생님, 재주 부리는 원숭이가 돼서
사람들 앞에서 쉬해
선생님, 토인종이 돼서
내 부하 해
그래서 성적표에 전부 '수' 줘

 싸움 걸기

싸움은 암만 잘해 봤자 아무도 칭찬해 주지 않습니다. 칭찬은커녕 혼꾸멍나기 십상이죠. 하지만 싸움을 한 번도 해 보지 않은 사람은 아마 없을 거예요. 하지 말라고 금지하는 싸움을, 하면 안 된다고 생각하는 싸움을, 우리는 그만 하고 맙니다. 재미있지 않나요? 재미있다는 말은 조금 이상하지만, 마음은 자기 것인데도 자기 뜻대로 안 되니까요.

싸움. 싸움. 싸움. 조그만 악마 같은 골칫덩이 녀석. 어디에든, 누구의 마음속에든 살고 있어서 불쑥불쑥 멋대로 튀어나와 돌아다니는 이상한 녀석.

나카가와에게

1학년 니시카와 사토시

나는 나카가와를 박살 내고 싶다

머리를 오십 대 때려서 바보로 만들 거다
그리고 커다란 나무통으로
꾹꾹 밀어서 납작 과자를 만들고 싶다
표적으로 세워 놓고 총으로 쏴 버릴 거다
머리에 구멍을 뚫고
끈으로 꿰서 벽걸이로 쓰겠다

잠깐. 싸움에도 여러 종류가 있습니다. 깡패들이 칼을 휘두르며 싸우는 싸움은 누구라도 싫어하겠죠? 하지만 발가숭이 꼬마들이 목욕탕에서 서로 비누를 차지하려고 투닥거리는 싸움은 어떤가요?

좋아요, 싸움을 걸자고요. 니시카와 사토시가 나카가와 가쓰요시에게, 그 나쁘다는 싸움을 걸었더니…….

니시카와에게

1학년 나카가와 가쓰요시

돌멩이를 마구 던져
구멍 난 곳에다
검은색 물감을 짜 넣어 주겠다
주물럭주물럭
본 적도 없는 꽃병을 빚어서
날마다 꽃을 꽂아 두겠다

싸움이란 하나의 마음과 또 하나의 마음이 쾅 하고 부딪히고, 그때 아픔을 느낀 마음이 입이나 손발한테 움직이라고 명령하는 것입니다. 욕을 퍼붓거나 치고받고 싸우라고요. 그 결과 서로의 마음까지 다치게 됩니다. 어른은 어른대로, 아이는 아이대로.

세상에서 가장 소중한 단 하나뿐인 자기 마음이 다치기 때문에 싸움은 나쁜 것입니다.

그런데…… 마음은 한시도 쉬지 않고 움직여야 합니다. 낮잠에 빠진 듯 흐리멍덩한 마음으로는 그림도 제대로 그릴 수 없고, 글짓기도 제대로 할 수 없고, 수학 문제도 제대로 풀 수 없습니다. 마음은 얄미울 만큼 재빠른 눈과 활짝 열린 귀를 갖고 있어야 하고, 얄미울 만큼 인내심이 강해야 합니다. 뭐든 다 보고 싶어 하고 듣고 싶어 해야 하고, 뭐든 다 하고 싶어 하고 먹고 싶어 해야 하며, 쉴 새 없이 꼼틀꼼틀 움직여야 합니다.

하지만 마음은 외따로, 달랑 혼자서는 절대로 움직일 수 없습니다. 마음은 추울 때 따닥따닥 붙어 온기를 나누듯이 서로 의지하고 서로 기운을 북돋워 줄 때 비로소 움직이기 시작합니다.

그렇습니다. 싸움은 필요합니다. 그런 싸움이라면 많이 할수록 값어치가 있습니다. 마음이 토실토실 살찝니다. 자기 마음과 남의 마음에 아무런 상처를 주지 않으면서도 서로에게 득이 되는 싸움이라면 하지 않을 이유가 없죠.

자, 얼마든지 싸우세요. 아예 담임 선생님한테 싸움 시간을 마련해 달라고 하면 어떨까요?

도쿠시게에게

1학년 노지리 치에

도쿠시게 가즈코의
머리카락 다섯 개를 뽑아
가위로 싹뚝싹뚝 자른다
그걸 가즈코의 코 밑에
착착 붙인다
여자 팔자수염이다
배꼽 둘레에도
동그랗게 돌아가며 붙인다

야마모토에게

1학년 쓰다 마사토시

맨 먼저 망치로
머리를 100대 때리고
똥을 먹이고
가재를 100마리 먹이고
미꾸라지를 1000마리 먹이고
똥을 못 싸게 해서

얼굴이 새빨개지면
그 다음에
엉덩이에 공기를 넣어 주겠다

데라사카에게

1학년 니시카와 사토시

데라사카를 이발소에 데려가서
머리를 빡빡 밀어 버린다
그리고 절에 데려가서
불경을 외게 한다
틀리게 외면
몽둥이로 한 대 딱 때린다
불경을 잘 외우면
잘했다고 말하고 빡빡머리 그대로 학교에 데려온다
그리고 악단을 불러
스님 춤이라며
모두한테 보여 준다

# 이상한 광고

아래의 짧은 글을 읽고 조금도 웃지 않은 어린이에게는 껌 100통을 드립니다. 툭하면 화내는 엄마한테 읽어 줬는데도 화를 내면 설탕 100톤을, 글짓기 시간에 수학 공부를 하는 선생님한테 읽어 줬는데도 계속 수학 공부를 하면 장아찌 100통을 각각 드립니다.

─ 엄마 젖은 짜면 쭉 나오기 때문에 꼭 튜브 속에 든 크림 같다.

2학년 바바 요코

─ 엄마 젖은 무지무지 커다란 왕 감. 맨 꼭대기에 까만 아기가 앉아 있다.

2학년 야마모토 미노루

─ 엄마 젖을 잘라서 속을 살펴보면 재미있을 것 같다. 맛있는 간식이 가득 들어 있을 것 같다.

2학년 니시우미 가즈코

— 엄마 젖은 물컹물컹 흐물흐물해서 기분 나쁘다.

2학년 모토키 게이코

— 엄마 젖에 입을 대고 후후 불고 싶다.　　　2학년 구보타 신페이

— 엄마 젖은 커다래서 탕 안에 들어가면 물이 철철 넘친다.

2학년 하라 소이치

— 만약에 엄마 젖을 병에 담아 가게에서 판다면 100만 엔을 한다
해도 사고 싶다.　　　2학년 오노 히로히토

— 내가 엄마를 좋아하는 이유는 동그란 엄마 젖 때문이다.

2학년 사이키 기요코

— 내가 엄마 젖을 빨면 콰르릉 터지는 화산처럼 젖이 나온다. 내
가 먹기 전까지는 잠잠하다.　　　2학년 후루카와 요시카즈

— 엄마랑 같이 목욕을 하면 엄마 젖은 꼭 튜브처럼 물에 둥둥 뜬
다. 가라앉을 때도 있는데 그때는 잠수함이다.

2학년 후지타 마사유키

— 엄마 젖에는 혹이 하나씩 나 있다.　　　2학년 다케자와 히로유키

―나는 가끔 엄마 젖을 빤다. 쑥스러워서 히히히 웃는다.

2학년 오히라 시즈오

―내가 엄마 젖을 만지려고 하면 엄마는 여기요, 다들 애 좀 보세
요, 한다.

2학년 후지노 준코

―엄마 젖은 소프트아이스크림. 2학년 나카타 미치코

―엄마 젖은 바람 빠진 풍선처럼 납작하다. 2학년 고토마리 구미코

―보통 엄마 젖은 둥그렇게 솟아 있어서 어디서 어디까지가 젖
인지 딱 알 수 있지만, 우리 엄마 젖은 납작쿵 짜부라져서 하얗
고 말랑말랑한 소프트볼공은 아무 데도 없다.

2학년 시노 유리코

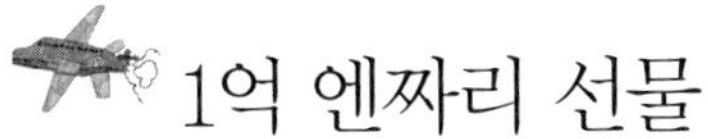 1억 엔짜리 선물

여러분은 선물을 해 본 적이 있나요? 얼마쯤 하는 선물이었나요? 100엔쯤? 200엔쯤?

"나는 선생님 결혼식 때 300엔짜리 목각인형을 선물했어요."

"네, 나는 선생님이 아팠을 때 과일을 200엔어치 사 갔어요."

이런! 다들 구두쇠군요. 훨씬 근사한 선물을 가르쳐 줄까요? 이 글을 읽으면 누구나 값어치가 1억 엔은 되는 선물을 할 수 있답니다.

결혼을 축하할 때

아는 사람이 결혼을 하면 누구나 축하 선물을 합니다. 어른은 돈으로 축하 선물을 대신하기도 합니다. 결혼하는 사람이 원하는 것을 사 주는 경우도 있고요. 하지만 아직 1억 엔짜리 선물을 했다는 말은 들어 본 적이 없습니다. 그런데 '1억 엔짜리 선물'이라고 적힌 봉투를 소중하게 간직하고 있는 사람이 있습니다.

봉투 속을 살짝 들여다볼까요?

결혼

3학년　다카다 다쓰오

선생님 신부 예뻐요?
상냥해요?
뚱뚱해요?
점점 무서워질 거예요
신부가 무서워져도
선생님은 상냥해야 돼요

만세

3학년　이시가키 세이치

나, 선생님 결혼하는 거
기뻐서
만세 외칠 거니까 들어 보세요
만세
만세
만세

가르쳐 주세요

3학년 오카베 다쿠

선생님, 신부한테
뽀뽀했어요?
나는 선생님이
뽀뽀했다고 생각해요
선생님 가르쳐 주세요, 네?

병문안을 갈 때

보통 꽃이나 과일을 선물하지만 워낙 평범해서 받는 사람도 딱히
기뻐하지 않습니다. 그러니까 이번에도 1억 엔짜리 선물을 해 보죠.

병, 나한테 주세요

2학년 니시모토 고조

선생님, 아파요?
아프면
언제든지 그 병 나한테 주세요
나는 아파도 괜찮아요
선생님이 안 아프면
나는 그걸로

가슴이 뻥 뚫려요

선생님의 병

2학년 가게야마 기미코

선생님 병 나아요?
안 나으면
나는 울 거예요
선생님이랑 같이 공부
못 하게 되면
다들 울 거예요

선생님 빨리 오세요

2학년 오히라 시즈오

선생님 빨리 오세요
선생님이 안 오니까
쓸쓸해서 쓸쓸해서 못 견디겠어요
노는 시간도 재미없어요
선생님 빨리 오세요

오세요 오세요 오세요 오세요 오세요 오세요

　선물을 한다는 건 한마디로 진심을 보여 주는 것입니다. 진심은 눈에 보이지 않기 때문에 물건을 빌어 표현하는 것뿐인데, 어른들은 한심하게도 선물 하면 와이셔츠나 위스키 같은 물건만 생각하죠. 그러니까 선물을 받고 감옥에 가는 어른이 생기는 거예요.
　이렇게 아름다운 선물이 온 나라에 두루두루 배달될 수 있다면 얼마나 좋을까요.

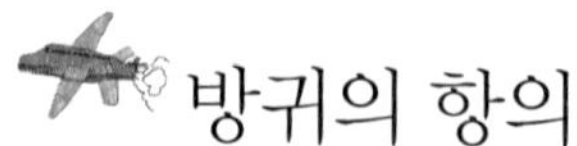 # 방귀의 항의

나는 방귀입니다. 내가 나오면 다들 코를 막습니다. 웃는 아이도 있습니다. 내 이야기를 하면 어른들은 대개 지저분하다고 합니다. 버릇이 없다고도 하고요. 방귀가 그렇게 나쁜 걸까요?

엄마

1학년 구리야마 도모코

커다란 엉덩이가

재미있는

커다란 방귀를

뀌었습니다

이렇게 당당할 수가! 눈곱만큼도 거리낌이 없습니다. 이쪽저쪽 눈치를 살피며 살아가는 어른들과 비교해 보세요. 하늘과 땅, 다이아몬

드와 돌멩이만큼 큰 차이가 나지 않나요? 큰 사람이 되고, 값어치 있는 일을 하는 사람이 되기 위해서는 구리야마 도모코처럼 누긋한 마음과 바다처럼 넓은 마음을 가져야 합니다.

방귀에 대한 글을 쓰는 아이는 장난꾸러기에 까불이라고 나쁘게 말하는 어른이 있습니다. 선생님들까지 "그런 아이는 커서 훌륭한 사람이 못 된다."고 말하면, 나는 정말 슬퍼집니다. 그 사람들은 여태껏 한 번도 방귀를 안 뀌었을까요? 방귀를 뀌면 정말로 훌륭한 사람이 못 되는 걸까요?

나, 방귀가 보장합니다. 그런 일은 절대로 없습니다.

방구

2학년 시노 게이코

뿌웅
뽀옹
방귀를 뀌었습니다
그리고
나는
소꿉놀이를 했습니다

이 글에 장난기라고는 눈곱만큼도 없습니다. 두꺼운 책을 끝까지 읽어 내는 듯한 힘으로, 더구나 군더더기 없는 간결한 문장으로 어린이의 일상생활을 보여 줍니다. 나, 방귀는 이 글을 읽고 빙긋이 웃었습니다. "방귀는 생활이다!" 하고 외쳤습니다.

　사람이 살아가는 데에 없어서는 안 되는 소중한 것 가운데 하나가 사랑입니다. 사랑은 서로가 서로를 좋아하는 것입니다. 하지만 딱딱하게 굳은 마음에서는 사랑이 생겨나지 않습니다. 오야마 후미오의 작품이 그 사실을 가르쳐 줍니다.

<오늘도 살아서>를 읽고

2학년 오야마 후미오

지로
태어나자마자 방귀를 뀌었잖아
유치원 다닐 때 방귀를 뀌어
처음으로 친구들을 웃겼잖아
지로
1학년에 입학했을 때
방귀를 풍풍 뀌어서
선생님이랑 친구들을 웃겼잖아
지로

나 책이 좋아졌어

지로
할아버지가 돼서 죽을 때
엄청 큰 방귀 한 번 뀌고 죽어

오야마 후미오는 지로의 방귀에 친근감을 느꼈습니다. 오야마 후미오는 지금 4학년인데, 방귀를 뀌면 지로가 생각나고 지로를 생각하면 가슴이 따뜻해진다고 합니다.

오히라 시즈오의 작품도 마찬가지입니다. 사람들이 서로 감싸 주며 따뜻하게 살아가기 위해 '꼭 필요한 마음'을 잘 보여 주고 있으니까요. 나, 방귀는 그것에 감사하고 있습니다.

방귀 가족

2학년 오히라 시즈오

아빠는 날마다 아침을 먹기 전에
뽕 하고 방귀를 뀐다
"여보 방귀 좀 뀌지 말아요."
하고 엄마가 말한다
세수를 하러 가서
아빠는 또
부웅 하고 방귀를 뀌었다
"방귀 좀 그만 뀌어요."

하고 이번엔 내가 말한다
아침을 먹을 때
아빠는 또 방귀를 뀌었다
그러자 엄마도 덩달아
뽀옹 하고 방귀를 뀌었다
이번에는 모두 다 같이 웃었다

　나, 방귀가 말합니다. 방귀는 마음입니다. 인간의 따뜻한 마음입니다. 그걸 알아주는 것은 어린이들입니다. 어른 여러분, 제발 부탁이에요. 한 번도 방귀를 뀌어 본 적 없는 얼굴로 방귀를 나쁘게 말하지 말아 주세요. 나, 방귀가 진심으로 부탁합니다.

 좋아하는 마음을 표현하는 법

좋아하는 마음을 표현하는 법이라니, 제목 참 이상하네. 좋으면 그 냥 좋아한다고 하면 되지, 좋아하는 마음을 표현하는 법이 따로 있 나?

여러분은 아마 이렇게 생각하겠죠? 하지만 잠깐, 잠깐.

"여러분, 담임 선생님 좋아해요?"

"네에, 좋아해요."

"얼마만큼 좋아해요?"

"……."

그것 보세요. 말 못 하죠? 얼마나 좋아하냐는 말에 대답할 수 있는 사람은 많지 않습니다.

사람은 한평생 살면서 좋아하는 마음을 수없이 갖게 됩니다. 어릴 때는 엄마 아빠나 선생님을 좋아합니다. 그러다 좀 더 자라면 친구나 애인을 좋아하고, 어른이 된 뒤에는 자기 아이들을 좋아합니다. 손으 로 일일이 꼽자면 끝도 없죠.

상대가 누구든 사람이 사람을 좋아하는 것은 아주 멋진 일입니다. 하지만 그런 멋진 일이 막상 눈앞에 펼쳐졌을 때, 사람들은 표현하는 방법을 잘 몰라서 좋아하는 마음과는 눈곱만큼도 어울리지 않는 흔해 빠진 말을 하기 쉽습니다.

여기 더없이 근사한 방법으로 좋아하는 마음을 표현한 어린이들의 글을 소개하겠습니다.

선생님

1학년　나카가와 가쓰요시

선생님 바보

똥개

멍청이

선생님 오줌싸개

선생님 똥싸개

선생님 울보

'뭐야, 이건 전부 욕이잖아?' 하고 생각하는 사람도 있겠죠. 그렇다면, 다음.

선생님

1학년 와다 히데카즈

선생님 얼굴은
호박이랑 가지를
섞어 놓은 것 같은 얼굴이에요

선생님

1학년 야시로 야스코

선생님
야스코는 오카야마에서 왔어요
선물은 안 사 왔지만
이해해 주세요

어때요, 이건 욕이 아니죠? 그럼, 또 다음.

선생님

1학년 도쿠시게 가즈코

선생님은 울보

선생님은 만날
밤에 자다가 오줌을 쌉니다
선생님은 먹보
선생님은 만날
엄마가 벽장 속에 가둡니다
이상 끝
선생님 미안해요

결투

1학년 구모데 마코토

선생님 결투해요
선생님, 선생님
나는 권총 두 자루랑
소총 들고 가요
선생님, 결투 언제가 좋아요?
선생님이 이기면 저금한 거 줄게요
내가 이기면 자동차 태워 주세요

점점 더 사랑스러워지죠? 당연해요. 우리가 보통 알고 있는 욕이
아니니까요. 좋아서 견딜 수 없는 마음이 이런 거친 말투를 쓰게 만드

는 거니까요.

선생님

1학년 시오타 게이코

하이타니 선생님
신붓감 찾았어요?
게이코가 커서
어른이 될 때까지 기다려 주면
게이코가 선생님의
신부가 되어 줄게요.
선생님, 기다리기 힘들겠죠?

다시 말해서 이 아이들은 흔한 말로는 선생님을 좋아하는 마음을 도저히 표현할 수 없다 보니 이렇게 어마어마한 표현에 이른 것입니다.

여러분은 이보다 더 어마어마한 표현으로 좋아하는 마음을 나타내 보세요.

# 잔인한 어른 재판하기

　　잔인한 짓(사람이나 동물에게 고통을 주는 일)을 하면 벌을 받습니다. 개나 고양이를 괴롭히면 야단을 맞습니다. 남동생이나 여동생의 과자를 뺏으면 그 벌로 한 끼를 굶어야 할지도 모르죠. 어떤 아이는 개꼬리에 불을 붙였다가 엄마한테 매를 맞았습니다. 또 어떤 아이는 지렁이나 벌레의 몸을 마구 잘라서 죽이는 이상한 버릇 때문에 엄지 손가락에 뜸질을 당했습니다.

　　아이들은 잔인한 짓을 해도 장난 정도로 끝나지만, 어른들이 잔인한 짓을 저지르면 진짜 무시무시합니다. 피해자(잔인한 짓을 당한 쪽)가 대개 아이들이기 때문에, 아이들로서는 보통 일이 아니죠. 하지만 무섭다고 해서 언제까지나 도망쳐 다니기만 한다면 어른들은 영원히 버릇을 못 고칩니다.

　　어린이 여러분, 그러니 법을 마련해서 잔인한 어른들을 재판하기로 합시다.

공부

3학년 가와라 료지

공부를 하고 있었다
몰라서 건너뛰니까
아빠는
생각을 해 봐 하고
주먹으로 머리를 쥐어박는다
나는 새끼 거북이처럼
목을 옴츠리고 운다
아빠가
왜 우냐고
또 쥐어박는다
공부를 가르쳐 줄 때
아빠 얼굴은
표범보다 무섭다

공부

2학년 이케노 요리코

마구마구 야단맞고

공부를 했습니다
수학 공부를 할 때
"이건 왜 이렇지?"
하고 아빠가 물었습니다
"이건 좀 있다가
할게." 하고
대답을 못 하니까
아빠가 책상을 한 번 "쾅!" 하고
내리쳤습니다
4시까지만 놀아야 하는데
조금만 더 조금만 더 하면서
몰래 놀았기 때문이라고 생각했습니다

위의 두 아빠는 너무합니다. 두 사람은 어린이의 적입니다. 좋아요, 아주 무거운 벌을 내립시다.

—판결. 두 아빠는 2년 동안 용돈을 한 푼도 받을 수 없다. 술도 마실 수 없다.

숙제

2학년 마쓰나가 데쓰로

"10엔짜리 우표 붙이면

옆집이든 규슈든
일본 어디든 간다.”
“그건 너무 불공평해.”
누가 이렇게 말해서
그게 오늘 숙제가 됐다

옆집 아줌마한테 물으니까
“그게 나하고 뭔 상관이람.”
엄마한테 물으니까
“바쁘니까 나중에.”
누나한테 물으니까
“지금 공부 중이야.
그렇게 바보 같은 거 묻지 말고
너도 공부 좀 해.”
히로미한테 물으니까
“동상 걸려서 간지러워.”
우표 가게 아저씨한테 물으니까
“그거는 내 알 바 아니다.
우표 안 살 거면
얼른 가거라.”

이렇게 어려운 숙제를 내주는 선생님은 혼이 나야 합니다. 다음에도 또 이럴지 모르니까요.

　―판결. 그러잖아도 쥐꼬리만 한 월급을 왕창 깎는다. 쉬는 시간
　에는 반드시 아이들과 함께 놀 것.

　어른들은 이 판결에 불만을 터뜨릴지도 모르겠습니다. "똑똑해지
기를 바라니까 엄하게 대하는 거야."라면서요.

　좋아요, 그렇게 나온다면 다음의 두 작품을 찬찬히 비교해 보라고
하죠.

공부

3학년　니시모토 다쓰조

저녁때 야단을 맞았다
"다쓰조, 공부가
그렇게 하기 싫으냐?
골치 아픈 녀석일세."

집 안에서 공부를 안 하니까
집 밖에서 공기가 휘잉 울고
지나간다

선생님이 되고 싶다

5학년 우미즈 데루요

밥을 먹고 나서
아빠랑 엄마가 이야기를 나누고 있었다
"데루요도 공부를 좀 열심히 해야 할 텐데."
나는 그 이야기를 모두 들었다
나도 선생님이 되고 싶다
그래서 곧장
국어책을 꺼내
목이 바싹 마를 때까지 읽었다
커피 잔에
보리차를 한가득 따라 마셨다
곧장 책상 앞에 앉아
한자 쓰기랑 뜻풀이를 했다
뜻풀이는 아직 다 못 끝냈다
눈이
그만 자자 그만 자자
한다

이 시에서 이야기하고자 하는 것은 '당신의 아이를 믿으세요.'라는
것입니다. 아이들을 믿지 않으니까 아이들이 비뚤어지는 거예요. 어

른들이 하는 일도, 아이들이 하는 공부도 똑같이 중요합니다. 어른들이 일을 생각할 때와 똑같은 마음으로 아이들의 공부를 생각해 달라고, 아이들은 하소연하고 있는 것입니다.

공부

3학년 다네쓰구 레이코

수학이랑 국어를
아빠한테 배우고 있었다
처음에는 어려웠지만
차츰차츰 재미있어졌다
공부를 다 하고
시계를 보니까
두 시간이나 지나 있었다
그래서
아빠랑
엄마랑
나랑 셋이서
따뜻한 맛난
차를 마셨다

모두가 이럴 수 있다면 얼마나 좋을까요.

# 화를 풀어 주는 의사 선생님

배가 아플 때는 병원에 가면 낫습니다. 하지만 화가 났을 때는 병원에 가도 낫지 않습니다. 남동생이나 여동생의 머리를 쥐어박아도 낫지 않고 주전자나 양동이를 걷어차도 소용없습니다.

사람은 화가 나면 뭔가 말을 하고 싶어집니다. 그리고 그때 하는 말 속에는 거짓이 담겨 있지 않습니다.

딱지

2학년 구로다 마코토

딱지는 재미있으니까
못 하게 하면 안 돼
나는 딱지를 못 하게 하면
밥 안 먹을 거야
나는 딱지가 없으면

공부도 안 할 거야
딱지가 없으면
나는 죽는 게 나아
나는 딱지를 찢으면
아무것도 안 할 거야
딱지는 내 친구니까
찢으면 안 돼

이렇게 속에 있는 말을 몽땅 토해 내고 나면 가슴이 후련해집니다. 하늘에 대고 말해도 좋습니다. 꽥꽥 소리를 질러도 괜찮습니다. 연필로 종이에 써도 좋습니다. 가장 나쁜 것은 남한테 화풀이를 하거나 방 구석에 앉아 훌쩍거리는 일입니다.

지금 친구와 싸우고 끙끙대고 있다면 신나게 놀았던 일을 떠올려 보세요.

방구

3학년 오카베 다쿠

이시가키가
우리 집에 놀러 왔다
그리고
의자에 앉아

5, 4, 3, 2, 1, 발사
하더니
뿌웅뿌우웅
방귀를 뀌었다

어때요, 기분이 훨씬 나아졌죠? 이제 기분이 최고가 되는 방법을
가르쳐 줄게요. 그게 뭐냐고요? 바로 상상놀이랍니다.

달팽이가 권투를 한다면

4학년 간다 아키라

만약 달팽이가
권투를 한다면
나는 달팽이를
많이많이 사서
한 마리 한 마리
이름을 짓고
무슨 팀 무슨 팀
팀을 만들어서
권투 시합을 열겠다
달팽이 권투 시합
대만원이겠지

달팽이한테 권투를 시켜도 좋습니다. 지네한테 트위스트 춤을 추게 해도 좋고요. 여러분을 화나게 한 사람을 피구공으로 만들어 탕탕 튕겨도 재미있겠죠. 상상이니까 뭐든 상관없습니다.

미래의 학교

3학년 이와키리 다카노리

집에서 학교까지
땅속으로 이어져 있다
그래서 태풍이 와도 학교에 갈 수 있다
학교랑 지구는
껌으로
딱 달라붙어 있다
그리고 투명테이프로 감겨 있다
책이나 잡지는
안 가져가도 된다
다 자동이니까
버튼을 누르면
수학책이 저절로 나온다
소풍은 하늘 나는 원반을 타고 간다

미래의 급식

5학년   나카오 히로시

미래의 급식 시간에는

자동으로 컨베이어벨트가 나오고

그 위에 비프스테이크랑 돈가스랑

오믈렛이 얹혀 있다

먹고 싶은 걸 먹으면 된다

다 먹고 나면

멜론, 바나나, 주스, 초콜릿 같은 게 나온다

먹고 난 찌꺼기는 단추를 누르면

저절로 돌아간다

에어컨에서는

향긋한 바람이

살랑살랑 불어온다

역시 상상은 참 편리하죠? 투명인간이 될 수도 있고, 모르는 게 없는 도사가 될 수도 있고, 주먹 센 권투 선수가 돼서 심술궂은 친구를 때려눕힐 수도 있으니까요.

어때요, 상상은 화가 났을 때 화를 풀어 주는 의사 선생님 맞죠?

# 어른 관찰 기록

관찰한 것을 기록해 봅시다. 달이나 식물은 많이 관찰해 봤으니까 이번에는 어른을 관찰해서 기록하면 어떨까요? 단, 어른은 사람이므로 생김새나 피부색, 먹는 음식, 아침에 일어나고 밤에 자는 시간을 기록하는 건 하나도 재미없습니다. 되도록 어른이 어른 같을 때를 관찰해야 합니다. 다시 말해서 어린이의 눈에 이상하게 비치거나 재미있어 보이는 모습을 찾아내야 한다는 말이죠.

그러려면 조금 짓궂다 싶더라도 어른의 행동을 진득하니 지켜봐야 합니다. 사소한 것도 그냥 보아 넘겨서는 안 됩니다. 무슨 말을 했고 어떤 행동을 했는지 빠짐없이 적어 놓아야 합니다.

술

3학년 스즈키 사요코

아빠는

술을 마시면
금세 기분이 좋아진다
오빠가
뭐라고 하면 당장에
"미안합니다." 하고 말한다
그러면 모두 웃는다
술을 마시면 왜
기분이 좋아질까

관찰 기록이므로 비판은 삼갑시다. 되도록 정확하게 기록만 합시다.
그러는 편이 훨씬 더 재미있답니다.

맥주

4학년   다이라 아쓰코

아빠가
맥주를 마시고 있다
남동생이
"맥주 좀." 했다
아빠는
"오냐." 하고 3분의 1잔쯤 먹인다
엄마가

맥주 같은 걸 왜 어린애한테 먹이냐고
아빠한테 화를 냈다
그래서 아빠가 이번에는
엄마한테 "한 잔 어때?" 하니까
엄마는 "좋죠." 하고
"한 잔 가득 따라 줘요." 하더니
한 잔 가득을 두 번 마신다

어린이들은 어른들의 술 마시는 모습이 재미있나 보군요. 바보 같
죠, 어른들은? 어린이가 관찰하는 줄도 모른 채 한껏 흥을 내고 있으
니 말이죠. 좋아요, 좋아. 이때를 놓치지 않고 관찰하는 거예요.

송년회

3학년   후지타 이쓰요

어른들이 잔뜩 모여
술을 마시고 있다
술을 잔뜩 마시고
우산이랑 주판으로 바이올린을 켰다
그러더니 술병으로 피리를 불었다
어떤 사람은 아예 수건을 덮어쓰고
춤을 췄다

9시에 춤을 추면서 돌아갔다
어른들은 바보다

아주 재미있는 관찰 기록이 만들어질 것 같군요. 하지만 너무 재미만 좋으면 공부가 되지 않습니다. 무엇보다 어른들이 화가 나서 복수하러 오면 큰일이죠.

평소에도 꾸준히 어른들을 관찰하고 기록하세요. 그런 자세가 관찰 기록자로서 더 훌륭한 자세일지 모릅니다.

전쟁

5학년 오시노 가즈요

엄마는 7시에 일어난다
드디어 전투 개시다
엄마의 신호에
이끌려
아빠가
겨우겨우 일어난다
화장실 가기
세수하기
그 사이 약 10분
텔레비전 시간표 살펴보기

드디어

버스 정류장으로 출발

우리가 탈

차례가 되었다

이어달리기의 바통 터치 때처럼

아빠랑 나는 앞뒤로 같은 코스

그 사이

엄마를 보고 있으면

꼭 토끼가

뛰어다니고 있는 것 같다

　여러분은 나면서부터 돋보기를 갖고 있습니다. 다시 말해서 작은 것을 커다랗게, 그리고 또렷하게 볼 수 있는 뛰어난 눈과 마음을 갖고 있죠.

　부디 그 돋보기로 여러 가지를 살펴보세요. 어른들의 재미있는 모습도, 어른들의 훌륭한 모습도 볼 수 있을 것입니다. 웃고 울며 살아가는 아름다운 사람들을 많이 발견하게 될 것입니다.

# 어린이 노벨상

이번에 노벨상 수상자를 뽑는 모임에서는 전 세계 어린이들을 대상으로 새로운 노벨상을 만들기로 했습니다.

이 상은 아무도 흉내 낼 수 없는 멋진 불평을 한 사람, 끄응 하고 앓는 소리가 나올 만큼 훌륭한 불만을 갖고 있는 사람에게 주는 명예로운 상입니다.

오늘날 일본, 미국, 러시아를 비롯한 모든 나라의 어른들은 어린이들의 불평불만에 몹시 애를 먹고 있는 것 같습니다.

"도대체 요즘 아이들은 왜 이렇게 불평불만이 많은 거야?" 하고 말이죠.

하지만 잠깐만요. 어른들도 옛날에는 어린이였습니다. 그 옛날의 어린이, 곧 지금의 어른은 불만이 하나도 없었을까요?

"우리는 옛날에 부모님이나 선생님 말씀을 얼마나 잘 들었다고. 형제들과 사이좋게 지내고 윗사람을 공경하고 말대꾸 따위는 결코 하지 않았어."

만약 이렇게 말하는 어른이 있다면, 그 어른은 거짓말쟁이입니다.

"당신은 그 시절에 어른에게 불만이 없었던 게 아닙니다. 없었던 건 용기였겠죠."

불평불만이 없는 어린이는 없습니다. 그런 어린이를 찾는 것은 비와 호(일본에서 가장 큰 호수)에서 공룡을 찾기보다 어려운 일입니다.

어린이들이 불평할 때는 그만한 까닭이 있습니다. 정당한 논리가 어른들 때문에 왜곡되려고 할 때, 어린이들은 불평을 합니다.

엄마

3학년 미쓰야마 요시코

내가 청소를 하면
엄마가
"요시코가 청소를 하면
바닥이 버석버석해."
한다
설거지를 하면
"여기다 두지 말랬지.
자꾸 쌓아 올리기만 하면 안 된다니까."
엄마는 꼭 나한테만 그런다
동생이랑 싸워도
"누나인 네가

한 번쯤 져 주면 될걸."
하고 뭐든 나더러 잘못했단다
"바보, 멍청이, 자기가
대장도 아니면서
잘난 척하기는. 미워죽겠어."
하고 말해 주고 싶다

미쓰야마 요시코는 노동의 존귀한 가치를 알고 있습니다. 노동은 칭찬받아 마땅하다는 정당한 논리를 지키려고 합니다. 따라서 이 불평은 세상에 꼭 필요한, 정당한 불평입니다. 물론 "바보, 멍청이, 자기가 대장도 아니면서……." 같은 말은 별로 바람직하지 않지만요.

공부

3학년   마키노 요시아키

이런 말을 한다
"머리가 나쁘면
남들보다 곱절로 공부해."
공부했다고 해도
안 믿어 주고
"진짠지 거짓말인지 봐야겠어.
빨리 갖고 와 봐." 한다

내가 모처럼 안 막히고
잘 읽는데도
"읽는 게 왜 그 모양이야?"

억울해 죽겠다

어린이는 의욕을 꺾어 버리는 어른에게 항의할 권리가 있습니다. 마키노 요시아키는 이런 어려운 말을 모르기 때문에 '억울해 죽겠다'는 말로 어른들에게 항의한 것입니다. 그러니까 이것도 정당한 불평이라고 할 수 있겠죠.

개는 아무리 억울한 일을 당해도 멍멍 짖을 뿐입니다. 멍멍 짖지도 않을지 모릅니다. 다시 말해서 개는 불평을 하지 않습니다. 불평을 하지 않는 개는 언제까지나 애완동물로, 그러니까 인간의 부하로 지내야 합니다.

모든 어른 여러분, 이 점을 잘 생각해 주세요. 불평불만이 한 사람 한 사람의 정신을 북돋우고, 그렇게 북돋워진 정신이 하나로 뭉쳐 세상을 더욱 발전시켜 나간다는 것을요. 어른의 불평불만은 어쩔 도리 없는 푸념인 경우가 많지만, 어린이의 불평불만은 그런 것과 성격이 전혀 다르답니다.

피아노

3학년 다나카 아쓰코

나의 가장 큰 고민은 피아노다

"틀렸어, 틀렸어." 하는

소리만 듣고 있다

"오늘 못 끝내면 집에 못 들어올 줄 알아."

"이걸 한 달씩이나 붙들고 있다니."

"노리코는 반 년 만에 라제리테를 뗐어.

그런데 너는 어떻게 된 거야? 벌써 1년이 다 됐잖아."

피아노 안 치고 오래 놀면

말도 안 걸어 준다

문도 안 열어 준다

피아노 안 사 주면 죽어 버리겠다며 졸라서

간신히 샀지만

지금은 피아노가 머릿속에서 쿵쾅 울리고 있다

    다나카 아쓰코는 자기밖에 몰랐던 마음을 똑바로 바라보고 있습니다. 다나카 아쓰코는 불평을 하려고 이 글을 쓴 것이 아닙니다. 자기밖에 몰랐던 마음을 호되게 꾸짖기 위해서 썼습니다. 마지막 3행에 그 마음이 잘 드러나 있습니다. 불평을 하기 위해서였다면 결코 이런 식으로 쓰지 않았겠죠.

요즘 어린이들은 이렇게 꿋꿋하고 야무지답니다.

싸움은 나쁜 거라고, 어른들은 뻔한 말을 합니다. 그 사실을 모르는 어린이는 없습니다. 그러나 이런 겉만 번지르르한 말을 곧이곧대로 지키는 어린이가 과연 착한 어린이일까요?

나의 고민

3학년 다이코 슈

내가 외동딸이면
얼마나 좋을까
방해꾼은 남동생
학교에서는 나긋나긋 얌전하면서
집에서는 잘난 척 으스대는 바보
그리고 굼벵이
남자로 태어났으면
좀 더 남자다운 게 어때?
누나인 나한테
'슈짱'이 뭐야?
우리 반 애들은 모두
'다이코'라고 부르는데

죽어도 안 울어 줄 거야
숨도 같이 쉬기 싫어
내가 태어난 뒤에
엄마 배를
꼭꼭 꿰매 버렸으면 좋았을걸

다이코 슈의 말투는 이글거리는 불꽃같습니다. 무시무시할 만큼 냉정합니다.

하지만 이 시를 두 번, 세 번 되풀이해서 읽으면 다이코 슈가 사실은 동생을 아주 많이 생각한다는 사실을 알 수 있습니다.

다이코 슈는 자기의 남동생이 사내아이답지 않게 너무 얌전한 것이 못마땅합니다. 이것은 다이코 슈가 남동생을 많이 사랑하고 있다는 뜻과 같습니다. 아무래도 상관없다면 이렇게 열을 올리지도 않을 테니까요.

싸우면 안 된다는 말을 곧이곧대로 받아들이고 철저하게 지킨다면, 다른 사람을 사랑하는 마음은 결코 자라지 않습니다. 뒤집어 말하면, 다이코 슈는 싸우면 안 된다는 말을 부정하는 듯하면서도 사실은 그 말에 가까워지고 있는 셈이죠.

이것도 요즘 어린이들이 얼마나 훌륭한지를 잘 보여 주는 예입니다.

침대

3학년   하세 게이코

부잣집에는 침대가 있다
우리 집에는 빚이 있다
부잣집 아이는 웃을 때
우아하게 손으로 입을 가리고
호호호 웃는다
나는 양치질을 할 때처럼
입을 크게 벌리고
깔깔깔 웃는다
웃으면서
푹신푹신한 침대에서 한번
자 보고 싶다

이것은 어른들이 움찔할 만한 불만입니다. 언뜻 보면 별 말 아닌 것 같지만, 어른들에게 이런 강력한 불만을 표현한 어린이는 없습니다.

가난한 집과 부잣집이 있는 것은 온전히 어른들 탓입니다. 전 세계의 어른들은 하세 게이코 앞에서 부끄러워해야 합니다.

하세 게이코와 친구들이 어른이 되면, 세상의 모든 어린이가 푹신푹신한 침대에서 잘 수 있도록 열심히 일하겠죠. 용기와 긍지를 갖고 말처럼 기운차게, 꽃처럼 아름답게 일하겠죠. 그리고 바로 그때가 늘 불평만 늘어놓는다고 비난받던 어린이들이 멋지게 승리를 거두는 날이겠죠.

이야기가 너무 길어져 버렸지만, 아무튼 여기까지가 새로운 노벨상을 만들면서 여러분에게 하고 싶었던 말입니다.

전 세계 어린이 여러분, 우리나라의 어린이 여러분. 앞으로도 계속 훌륭한 불평불만을 터뜨려 주세요.

닷새 뒤에 죽는다면

어쩌다가 그런 이야기가 나왔는지는 모르겠지만, 한 아이가 "죽으면 어떻게 돼요?" 하고 물었습니다. 당장에 온 교실이 와글와글, 시끌시끌해졌습니다. 싸우는 아이들도 있었습니다. 그래서 그것을 글로 써 보았습니다.

닷새 뒤에 죽는다면

3학년 후노 가즈히코

엄마랑 동생이랑 할머니한테 가서
사진을 찍어서
잘 봐 둡니다
죽을 때
안 아프기를 기도합니다
가장 좋은 이부자리를

깔아 달라고 합니다
관 속에
내 물건을 옮겨 놓습니다
내가 좋아하는 카레라이스랑
크로켓이랑 샐러드랑 푸딩을
넣어 둡니다
은행에서
돈을 찾아
죽은 뒤에 돈이 부족하지 않도록 합니다

닷새 뒤에 죽는다면

3학년 다나카 아쓰코

자동차를 타고 여기저기 다닌다
공부 같은 건 절대로 안 한다
놀고 또 놀고 마구마구 놀 거다
혹시 엄마가
"공부해." 하면
"어차피 죽을 건데 놀 거야." 하고
실컷 논다
만화책 보고

만화만 그리고
하루 종일 신나게 산다
생선초밥 3접시
장어덮밥 6그릇
부침개 10개
사탕 52개
맛있는 것만 먹는다
텔레비전은 내가 보고 싶은 것만 본다
죽으면 필요 없으니까
발톱이랑 손톱을
죄다 물어뜯는다

닷새 뒤에 죽는다면

3학년   가도타 아키히로

쇠망치로 신호등을 부순다
자동차로 사람을 친다
냉동차에 사람을 가둔다
꽁꽁 얼려서
바다에 던져 버린다
이웃집에 불을 지른다

망치로 사람 머리를 때려서

바보로 만든다

담배를 사 피운다

어른이 뭐라고 하면

"너도 피우잖아." 한다

초콜릿을 배 터지게 사 먹는다

이상한 놈들이랑 마구 싸운다

누가 하품을 하면

단팥빵 먹으라며

입 안에 돌을 집어넣는다

절벽 위에 사람이 서 있으면

"이얏." 하고 밀어서

절벽 밑으로 떨어뜨린다

여자 핸드백 속에

쥐를 집어넣는다

지갑에 송충이 대여섯 마리를 넣는다

어차피 죽을 건데

될 대로 되라지

이제 교실 안은 그야말로 난리법석입니다. 이 글이 마음에 든다는 등 이런 짓은 하면 안 된다는 등 하면서 말이죠. 그 말을 여기에 적어 볼까요?

—하고 싶은 거 하고 죽으면 좋잖아.

—아쓰코는 보통 때도 얼마든지 할 수 있는 일만 썼어.

—아키히로는 겁쟁이구나. 죽는 게 겁나니까 자포자기하는 거잖아. 자기가 죽는 건 누구 탓도 아니라고 생각해. 죽는 생각만 하는 가즈히코도 겁쟁이야.

—가즈히코는 너무 빨리 단념하는 것 같아. 그러다간 나흘째에 죽겠다.

—가즈히코, 그럼 안 돼. 우리 같은 사내대장부는 죽을 때까지 포기하면 안 되잖아!

—남자가 그렇게 마음이 약하면 죽는 게 더 무섭지 않을까?

—죽을 때까지 아무것도 안 하고 있으면, 자포자기했다거나 하루 종일 울기만 한다고 남들이 흉볼 것 같아.

—누구나 죽는 건 무서워. 나는 죽는 생각을 하면 항상 우는걸.

—죽는 건 어떤 걸까? 아무것도 알 수 없게 되는 걸까? 이건 실제로 해 볼 수가 없는 일이라 답답하네.

—셋 다 하나 마나한 소리만 하는 것 같아. 어차피 죽을 거면 좀 더 색다르게 죽는 게 어때?

한동안 시끌벅적하더니 차츰 조용해졌습니다. '죽음'을 생각하는 게 얼마나 어려운지 깨달았기 때문입니다. 좀 더 '잘 죽는' 방법이 없을까 고민함으로써 '죽음'이 얼마나 어려운 문제인지 알게 된 거죠. 그렇게 해서 아래의 작품이 탄생했습니다.

내가 죽는다면

3학년 아사다 요시에

아키히로는 나쁜 짓만 하다가
죽으려는 것 같지만
아무리 나쁜 짓을 해도
아키히로가 다시 살아날 수 없고
아쓰코처럼
먹고 또 먹고 마구마구 먹거나
가즈히코처럼
끽소리 없이 포기한다고
목숨을 구할 수 있는 것도 아니고
무슨 말을 하든 자유지만
아무 도움이 되지 않습니다
나 같으면 내가 죽을 때
내 다리를
다른 사람한테 주겠습니다
나는 달리기를 좋아합니다
그러니까 내 다리를 받은 사람은
올림픽에 나갈 수 있을 거예요
그 사람은
얼굴이 새빨개지도록 열심히 달릴 거예요

일등을 하건 못 하건
그건 아무래도 좋아요
내 다리가 달리는 거니까
꼭 일등을 하지 않아도 괜찮아요

'흐음, 이런 방법도 있구나.' 하고 다들 생각했지만, 다시 곰곰이 생각해 보니 역시 어려웠나 봅니다. 그래서 다들 한목소리로 말했습니다.

"선생님, 약았어요. 선생님은 어떻게 생각하는데요? 말해 주세요."

그래서 나도 솔직하게 대답했죠.

"사실 나도 잘 모르겠어. 선생님이 아는 건, 사람은 언젠가 죽으니까 죽을 때까지 열심히 살아야 한다는 거야. 죽는다는 게 어떤 건지 선생님도 몰라. 아무리 생각해도 모르겠어. 평생 생각해야 할 문제야."

어때요, 여러분도 한번 생각해 보지 않겠어요?

2장
시 줍기

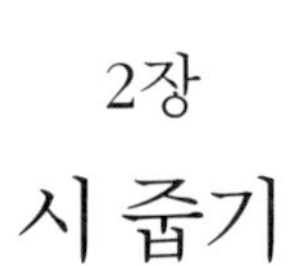

시는 재미있다

시는 재미있습니다. 누구나 쓸 수 있습니다. 시에는 가위표가 없습니다. 쓰기만 하면 모두 동그라미죠.

시에는 규칙이 없습니다. 하면 안 되는 게 아무것도 없습니다. 딱 하나, 지킬 것이 있습니다. 바로 솔직하게 쓰는 거죠. 그것만 지키면 모두 동그라미입니다.

선생님한테 야단맞은 일을 써도 동그라미, 친구랑 싸운 일을 써도 동그라미, 물건 훔친 일을 써도 동그라미, 오줌 싼 일을 써도 동그라미. 어린이라면 누구나 하루에 동그라미 다섯 개쯤은 맞을 수 있겠죠?

1장에서 본 어린이들의 글은 모두 시입니다. 시가 아닌 것은 하나도 없습니다. 읽다 보면 '다들 하나같이 수다쟁이구나!'라고 생각하게 됩니다.

맞습니다. 시는 수다에서 시작됩니다. 눈곱만큼도 거짓을 말하지 않겠다는 마음, 누구의 눈치도 보지 않겠다는 마음이 깃들어 있다면, 그 수다는 훌륭한 시입니다.

그런데 여러분의 담임 선생님은 무서운가요, 상냥한가요?

흠, 다들 씨익 웃고 있군요. 좋아요, 어느 쪽이든 상관없습니다. 자, 이제 큰 소리로 "있잖아요, 선생님." 하고 말해 보세요. 그래요, 수다는 거기서부터 시작되는 거예요.

있잖아요 선생님

2학년 도이하라 가즈코

있잖아요 선생님
저번에요
엄마랑
할머니가
안 볼 때요
오사카 아줌마가
사 온 과자
세 개를요
몰래 훔쳤어요
그리고요
책상 앞에서요
공부하는 척하면서
먹었어요
그런데요

안 들켜서

다행이에요

　선생님한테 이런 말을 할 수 있는 사람은 시의 달인이나 마찬가지입니다. 모두들 이런 수다를 떨 수 있도록 꾸준히 연습합시다.

　다만 한 가지 주문을 하자면, 때로는 어지간히 용기가 없으면 꺼내기 힘든 말도 있는데 그렇다고 잠자코 있으면 안 된다는 것입니다.

오줌

1학년　쓰보이 시게루

엄·마

나·있·잖·아

찔·끔

오·줌·을·지·려·버·렸·어

다·시·는·안·그·럴·게

잘·못·했·어

　왜 이렇게 썼을까요? 사실 쓰보이 시게루는 너무 부끄러워서 차마 말을 할 수가 없었습니다. 그래서 아침에 일어나 일을 하고 있는 엄마 등에 대고 한 자, 한 자 이렇게 쓴 거죠.

　이것도 훌륭한 수다입니다. 수다는 꼭 입으로 하는 거라고 생각해서는 안 됩니다. 부끄러워서 말로 못하겠으면 쓰보이 시게루처럼 다른 방법을 생각해 보세요. 그리고 끝없이 수다를 계속하세요.

시는 역시 재미있습니다. 무엇보다 시는 간편합니다. 입과 손만 있으면, 종이와 연필만 있으면 재미있는 것을 만들어 낼 수 있으니까요.

여러분 주위에 재미있는 시가 생겨난다면 여러분의 동네가 재미있어집니다. 여러분의 동네가 재미있어지면 우리나라 전체가 재미있어집니다. 온 세상의 어린이가 시를 쓰면 온 세상이 재미있어집니다.

어때요, 시는 정말 재미있죠?

시는 안마기

어깨가 결리면 짜증이 납니다. 별것 아닌 일에 화가 납니다. 어린 이는 어깨가 결리는 일은 없지만, 짜증이 나고 화가 나는 것은 어른과 마찬가지입니다. 이럴 때 어른은 안마를 받으면 기분이 좋아집니다. 그럼, 어린이는? 짜증이 나면 나는 대로, 화가 나면 나는 대로 참아야 하죠. 어린이는 손해예요.

그래서 한 가지 좋은 방법을 가르쳐 줄까 합니다. 안마를 받았을 때처럼 기분이 좋아지는 방법이랍니다.

나는 어릴 때 곧잘 친구랑 등을 맞대고 '무엇으로 보이니?' 놀이를 했습니다. 여러분도 많이들 하죠? 그 놀이를 하면서 시를 짓는 거예요. 승부가 날 때까지 '무엇으로 보이니?'의 '무엇'은 하나로 정해 놓습니다.

"무엇이 보이니?"

"학교가 보인다."

"무엇으로 보이니?"

"커다란 캐러멜로 보인다."

이런 식으로 학교가 무엇으로 보이는지 묻고 대답하고 또 묻고 대답하는데, 대답을 못 하면 지는 것입니다. 한 번 승부가 나면 또 다른 것을 정해 다시 시작합니다. 멋들어진 대답을 해도 재미있고, 좋은 생각이 떠오르지 않아 터무니없는 대답을 해도 그 자체로 재미있는 표현이 만들어지죠.

한번 예를 들어 볼까요?

—학교가 네모난 얼음에 구멍이 뚫려 있는 것처럼 보인다.

2학년　오노 히로히토

—학교가 거인으로 보인다.　　　　　　　2학년　후지타 마사유키

—학교가 케이크에 촛불을 꽂아 놓은 것처럼 보인다.

2학년　구보타 신페이

—학교가 치즈로 보인다.　　　　　　　　2학년　바바 요코

—학교가 거대한 개가 낮잠 자는 것처럼 보인다.

2학년　오가와 스즈에

—학교가 지렁이로 보인다.　　　　　　　2학년　마쓰나가 데쓰로

─ 학교가 막대아이스크림으로 보인다.   2학년 마루 히데오

하지만 '무엇으로 보이니?' 놀이는 혼자 할 수 없습니다. 그렇다면 혼자서도 안마를 받은 것처럼 기분이 좋아지는 방법은 무엇일까요? 그것은 '소원을 담은 시'를 짓는 것입니다. 다시 말하면 부탁하기 놀이죠. 이때는 누구에게, 어떤 부탁을 해도 좋습니다.

부탁

1학년 야마구치 슌이치

달님
나를 월광가면(1950~60년대에 큰 인기를 끌었던 어린이용 텔레비전 드라마의 제목이자 주인공 이름)으로
만들어 주세요
나를 일곱색깔가면(어린이용 인기 텔레비전 드라마의 제목이자 주인공 이름)
으로
만들어 주세요
엄마가
나한테 돈 좀 주게
해 주세요

야마구치 슌이치는 달님에게 월광가면이랑 일곱색깔가면으로 만

들어 달라고 했는데, 아톰이나 울트라맨으로 만들어 달라고 해도 괜찮겠죠. 아무튼 기왕이면 재미있는 사람이나 사물이 되게 해 달라고 부탁해 보세요. 너무 흔하지 않은 걸로, 되도록 기발하고 재미있는 걸로 말이죠.

내셔널키드 씨

1학년 아라카와 치히로

내셔널키드 씨(1960년대에 큰 인기를 끌었던 어린이용 텔레비전 드라마의 제목이자 주인공)
총을 왜 두 개나 갖고 있어요?
가르쳐 주세요
나도 갖고 싶어요
어디서 났어요?
나도 좀 주세요
그리고
나를 날 수 있게 해 주세요

이것으로 여러분은 공짜로 안마를 받은 셈입니다. 어른들만 기분 좋아지라는 법 있나요? 여러분도 마음껏 안마를 받아 기분이 좋아질 수 있습니다.
그리고 완성된 시는 선생님한테도 보여 주세요, 알았죠?

시 줍기

“시는 종이에 쓰는 거잖아요. 돈도 아니고 시를 어떻게 떨어뜨려
요?”

“우리는 시를 주운 적 없어요. 거짓말 마세요.”

이런 소리가 귓가에 들리는 것 같군요. 자, 그러지 말고 다음의 시
를 한번 읽어 보세요.

불꽃놀이

1학년 기시모토 요시아키

나는 어제 불꽃놀이를 했습니다
평 소리가 나서 무서웠습니다
동그란 불꽃도 있었는데
뱅글뱅글 돌아서
재미있었습니다

꽃 모양으로 터지는 불꽃놀이도 했습니다
아빠가 집에서 보고 있었습니다
고양이도 보고 있었습니다

이 시는 그림일기 속에서 주웠습니다.

경찰 오토바이

1학년 사와다 히로시

선생님 있잖아요
나는 어른이 되면
경찰이 되고 싶어요
있잖아요
오토바이를 타고 싶어요
강도를
많이 잡을 거예요

이것은 수다를 떨다가 주웠죠.

담배

2학년 오키 요코

담배 가게에 심부름 갔습니다
담배에는 여러 가지 종류가 있습니다
미도리 이코이 피스 히카리
나는 이 정도만 압니다
아빠는 미도리를 피웁니다
그래서 내가
담배 가게에 가면
가만히 있어도
미도리를 줍니다

이것은 낙서장에서 주운 것입니다. 어때요, 여러분은 분명히 시를 떨어뜨리고 다니죠? 그러니까 굳이 '지금부터 시를 써야겠다.'고 생각할 필요가 없어요. 수다를 떨어도 좋고, 일기를 쓰든 낙서를 하든 상관없으니까 글쓰기 연습을 많이많이 하세요. 그러면 저절로 시를 잘 짓게 되니까요.

아주 쉽죠? 자, 그럼 이번에는 시의 재료를 주우러 가 볼까요? 시가 가장 많이 떨어져 있는 곳은 뭐니 뭐니 해도 집 안입니다. 집은 여러분이 살고, 여러분의 아빠 엄마랑 여동생이랑 남동생이 사는 곳이니까 마음만 먹으면 쉽게 주울 수 있답니다.

일

4학년   마에다 스즈요

목수 일은

아빠가 최고

요리는

할머니가 최고

밥 짓기는

엄마가 최고

농사는

할아버지가 최고

바느질은

언니가 최고

새 모이 주기는

오빠가 최고

저금은

내가 최고

남동생이랑

여동생은

놀기가 최고

가족 소개만으로 시가 만들어졌군요. 여기에 가족들이 한 일이나

한 말을 생각해 보면 훨씬 더 많은 시를 주울 수 있겠죠?

다코야키

1학년　우케타 도루

아빠는
날마다 다코야키(문어와 채소를 넣고 동그란 틀에 구운 풀빵)를 굽는다
엄마는
절대로 안 먹는다
나랑 여동생은
날마다 먹는다
아빠도
먹을 때가 있다
가끔씩
여동생이랑 나는
다코야키 때문에 싸우기도 한다
나는
다코야키에서 나는
슈욱, 소리가 좋다

생선초밥

5학년 오시노 가즈요

아빠가
"생선초밥 먹게
주문해."
몇 인분?
"할머니도 부를 거니까
6인분."
나는 아빠 마음이
변하기 전에 서두르자
싶어서
나리타 초밥집으로
특급열차처럼
달려갔다

여러분이 날마다 벌이는 형제 싸움 속에도 시는 떨어져 있습니다.

싸움

5학년 아키야마 기요시

오늘 아침

형하고 싸웠다
형은
사자처럼
막 쫓아왔다
나는
토끼처럼 도망쳤다
형이 슬리퍼를 던졌다
하지만 다행히 피했다
형은 포기하고
학교에 가 버렸다

엄마한테서도 시를 주울 수 있습니다.

엄마 젖

2학년　도이하라 가즈코

나는 늘
엄마 젖을 만진다
아빠가 있을 때는
이불을 덮어쓰고 만진다
아침에 일어나도
엄마한테 가서

만진다
아빠는
"엄마 젖 그만 만져."
그래도
나는 만진다

시는 텔레비전 속에서도 주울 있습니다.

샤이안의 얼굴

3학년 오카베 가오리

샤이안(지은이가 기르는 개의 이름. 1950~60년대 텔레비전에 방영된 서부극의 주인
공 이름과 같다)은
가만히 보면
졸고 있는 바보처럼 생겼고
얼빠진 것처럼
멍하니
있다
멍하니
있지
않을 때는
밥 먹을 때랑

다른 개를 봤을 때다

눈은 똥그랗고

코는 길쭉하고

콜리 개랑 조금 닮았다

그리고 잘생겼다

지겨운 공부 속에서도 시를 주울 수 있습니다.

숙제

5학년 기무라 고조

밤에 숙제 생각이 났다

수학 숙제다

억지로 억지로 한다

졸음이 왔다

이제 에너지가

조금밖에 안 남았다

숫자들이 막 춤을 춘다

깜짝 놀라

뺨을 꼬집었다

"아야!"

하고 보니까

숫자들이 얌전히 앉아 있다

어딘가에 놀러가는 것도 시를 주울 수 있는 좋은 기회입니다.

에벳산

2학년   모토키 게이코

니시노미야의 에벳산 축제에 갔다

길가에 가게를 차려 놓은 사람
예쁘게 차려입은 여자
아이들을 데리고 나온 엄마
아름다운 장식
술 마시는 남자
길 잃은 아이

나는 엄마한테 안겨
시주함이 있는 데로 갔다

1엔
5엔
10엔

100엔
1000엔
신은 부자가 되겠지만
돈을 세려면 진짜 힘들겠다

아름다운 자연은 시가 꽉 들어찬 통조림과도 같습니다.

저녁놀

5학년 몬쥬시로 메구미

천사는
저녁이 되면
성냥으로 하늘에 불을 붙인다
하늘이 불탄다
새빨간 새가 날아간다

아침

5학년 사카모토 가요코

아침 일찍 일어나니까
공기가 과자처럼 맛있다

이런 공기는
너무 많이 먹어서 배가 터져도 좋다
산더미처럼 많으니까
밥풀만큼이라도 좋다
내 걸로 조금만
챙겨 놓고 싶다

이렇게 일일이 시를 주워 보이면서 길게 설명한 까닭은, 시는 어디에나 떨어져 있다는 말을 하고 싶었기 때문입니다.

당연한 말이지만 눈을 감고는 물건을 주울 수 없습니다. 마찬가지로 눈을 뜨고 있어야 시를 주울 수 있습니다. 이때 눈을 뜨고 있다는 것은 언제 어디서든 시를 줍겠다는 마음을 열어 둔다는 뜻입니다.

좀 더 쉽게 말하면, 끊임없이 시를 쓰겠다는 마음을 갖고 있어야 한다는 거죠. 그러므로 시를 지어 보라는 말에 그제야 이리저리 머리를 굴린다면 시를 결코 주울 수 없습니다.

시는 어디서나 주울 수 있지만 그러기 위해서는 항상 눈을 크게 뜨고 있어야 한다는 사실을 잊지 마세요.

시의 렌즈는 비율 1만 배

사진기의 렌즈는 어떤 사물이든 정확하게 찍어 냅니다. 시를 쓸 때도 정확하게 쓰는 것이 아주 중요합니다.

화가는 정확한 그림을 그리기 위해 몇천 장, 몇만 장씩 밑그림을 그립니다. 그렇게 해서 꼭 필요한 선이 무엇인지, 불필요한 선이 무엇인지를 배우죠.

시도 마찬가지입니다. 밑그림이 정확한 시는 군더더기가 없고 힘이 넘칩니다. 반대로 밑그림이 정확하지 않은 시는 아무래도 느슨하고 늘어지기 쉽죠.

우선, 아무리 사소한 것이라도 상세하게 쓰는 습관을 들입시다. 그러려면 처음에는 주절주절 늘어지는 긴 글이 되더라도 어쩔 수 없습니다. 상세하게 쓰는 훈련을 되풀이하다 보면 시가 어떤 것인지 저절로 알게 됩니다.

여기에 그런 시가 있습니다.

원숭이 공연

2학년 가라시마 아키라

원숭이 공연을 보았다
원숭이는 쓰키가타 한페이타(일본 에도 시대를 배경으로 한 무사 영화의 주

인공. 곤도 이사미의 부하이다)
분장을 하고 있었다
원숭이는 한눈만 팔고 있었다
나는
"곤도 이사미가 오면
혼난다."
하고 말했다

이 시는 딱히 돋보이는 말도 없고 지은이가 본 것을 그대로 글로 옮긴 것에 지나지 않지만, 어딘지 익살스러운 느낌을 주는 좋은 작품입니다. 바로 밑그림 때문이죠.

'원숭이는 한눈만 팔고 있었다'는 부분이 있는데, 가라시마 아키라가 이 점을 놓쳤다면 이 시는 아무 가치도 없었을 것입니다. 쓰키가타 한페이타라는 강한 무사가 두리번두리번 한눈을 팔고 있으니까 재미있는 것입니다.

원숭이가 촐랑이라는 사실은 누구나 알고 있습니다. 만약 이 어린이가 원숭이의 촐랑대는 성격을 말로 설명했다면 재미가 확 줄었겠죠.

이 시가 좋은 작품이 될 수 있었던 까닭은 본 대로 그린다는 기본을 잘 지켰기 때문입니다.

이것은 언뜻 쉬운 일 같지만 사실은 아주 어렵습니다. 원숭이 공연을 구경하던 아이들은 저마다 갖가지 말을 했을 것입니다. 하지만 가라시마 아키라는 그 가운데 딱 하나 "곤도 이사미가 오면 혼난다."라는 말을 골랐습니다.

이것도 대성공입니다. 원숭이가 주는 느낌과 정반대되는 말로 웃음을 이끌어 냈다는 것은 이 어린이의 눈이 사진기의 렌즈처럼 성능이 좋다는 증거죠.

빨래

4학년 고토 고타로

자유연구 숙제를 하다가 보니까
빨래가
유리창에 파닥파닥 부딪히고 있다
첫 번째는 수건
두 번째는 셔츠
세 번째는 팬티

세 번째가
두 번째에 부딪히고

두 번째가
첫 번째에 부딪히고
첫 번째가
유리창에 부딪히고 있다

　이 시도 세심한 관찰로 재미있는 리듬을 만들어 낸 좋은 작품입니다. 내용은 풍선처럼 텅 비어 있다 싶을 만큼 가볍습니다. 하지만 세심한 관찰로 훌륭한 시를 쓸 수 있다는 사실을 잘 기억하세요.

된장국

4학년　A 여

아침 된장국은 조개 된장국
깨끗한 파
서너 개가 떠 있다
후후 불면서
먹는다
아빠랑 엄마가
양쪽에서
조그만 조갯살을
내 밥 위에 얹어 준다
그때마다 나는

"고맙습니다."
말하고 먹는다
엄마가
"어머, 동냥거지 같애." 한다

　아침밥을 먹는 모습이 컬러 영화처럼 선명하게 떠오르는 시입니다. 딱히 멋진 표현이 있는 것도 아닙니다. 그저 꾸밈없이, 상세하게 쓰여 있을 뿐입니다. 그런데도 읽는 사람의 마음이 따뜻해지는 까닭은 본 것을 있는 그대로 쓰는 실력이 뛰어나기 때문입니다. 시의 렌즈는 비율이 1만 배입니다. 여러분도 빨리 그렇게 될 수 있도록 시 연습장을 마련해서 연습하세요.

주름진 뱃살은 시의 적

목욕탕에서 할머니나 할아버지의 배를 본 적이 있나요? 쭈글쭈글 주름이 지고 축 늘어져 있죠.

할머니 할아버지의 주름은 오랜 세월 남을 위해 일하느라 생긴, 이른바 고귀한 주름입니다. 하지만 시 속에 이런 쭈글쭈글한 주름이 잡혀 있는 것은 좋지 않습니다. 시를 막 쓰기 시작한 사람의 시에 이런 주름이 흔히 보이죠.

시 A는 보기 싫은 주름이 잔뜩 잡힌 작품입니다. 시 B는 같은 작품이지만 지은이가 그 주름을 발견하고 하나하나 지운 덕분에 여러분의 뱃살처럼 탱탱하고 재미있는 작품으로 다시 태어났습니다.

손거스러미 A

3학년 아오키 요코

오른쪽 집게손가락에

거스러미가 생겼습니다
너무너무 아팠습니다
엄마한테 말했더니
"효도하면 낫는다."
하고 말했습니다
나는
"그럼 어깨 안마해 줄게."
하고 혀를 쏙 내밀었습니다
안마를 하면
손이 이리 갔다
저리 갔다 합니다
10분쯤 하다가
팔이 아파서
시계를 보니까
9시 45분이었습니다
내가
"에이, 효도를 심하게 했나 봐."
하고 말하니까 엄마가
"정말이네, 너무 심하게 해서 거스러미가 반대쪽으로 젖혀
졌네."
하고 말해서
나는 화가 났습니다

손거스러미 B

3학년   아오키 요코

오른쪽 집게손가락에
거스러미가 생겼다
"효도하면 낫는다."
고 엄마가 말했다
나는 혀를 쏙 내밀고
"그럼 어깨 안마해 줄게." 했다
손이
이리 갔다
저리 갔다
시계를 보니까
9시 45분
"에이,
효도를 심하게 했나 봐." 하니까
엄마가
"정말이네,
너무 심하게 해서 거스러미가 반대쪽으로 젖혀졌네."
한다

주름 없애기는 시를 쓸 때 빠뜨려서는 안 되는 중요한 일입니다.

주름 없애기에 익숙해진 사람은 보통 사람들이 자세하게 쓰는 부분을 일부러 생략하고도 그런 시보다 훨씬 더 강한 느낌을 주는 작품을 쓸 수 있습니다.

가장 하고 싶은 일

2학년　히로타 요시노리

비행기를 타고
똥을 마구 싸 보고 싶다

오줌도
하늘 위에서 실컷 싸 보고 싶다

동백꽃

4학년　가와카미 노부코

붉은
붉은 동백꽃
먹고 싶을 만큼 붉다

다코야키

2학년 구로다 겐지

선생님 다코야키 줄게요
어디 있어요?
몇 시쯤이 좋아요?

따끈따끈한 걸로
들고 갈게요

초콜릿

1학년 요시다 히로아키

초콜릿은 좋다
달달하니까
10엔짜리 20엔짜리
30엔짜리 50엔짜리
60엔짜리 100엔짜리가 있다
큰 게 좋다

위의 네 작품은 줄일 수 있는 데까지 확 줄였기 때문에 언뜻 보면 왜 좋은 시인지 잘 알 수 없을지도 모릅니다. 하지만 두 번, 세 번 읽다 보면 지은이의 아름답고 소박한 마음이 생생하게 느껴져 누구나 깜짝 놀라게 되죠. 주름 없애기는 그만큼 중요합니다.

여러분의 눈이 사진기의 렌즈처럼 그 어떤 작고 사소한 것도 놓치지 않고 볼 수 있게 되었다면, 다음 단계로 주름 없애기 공부를 많이많이 하세요. 틀림없이 시의 달인이 될 수 있을 거예요.

위대한 말 발명가

개구리 울음소리는 개굴개굴, 닭은 꼬꼬댁 꼬꼬, 소는 음매음매. 그렇게 들리는 어린이의 귀는 구닥다리 고물 귀입니다.

곰곰이 생각해 보면, 동물의 울음소리를 글로 쓸 때 실제로 자기 귀에 들린 대로 쓰는 사람은 거의 없습니다. 대부분 자신의 정확한 귀를 무시하고 어른한테 배운 그대로 쓰죠. 비는 주룩주룩, 바람은 윙윙, 아기는 앙앙, 다들 비슷비슷해요.

성능 좋은 새 귀를 가진 사람에게는 어떻게 들릴까요?

닭

5학년 시로야마 구니코

아침 찬 공기를
찢을 듯이 닭이 운다
꼬까파 꼬까파

까파 까파 꼬까파

배고프구나?

까파 까파 까파

알 낳는구나?

꼬아 꼬아 꼬아

까까까까까까까

나는 닭과 친구라서

전부 다 알아듣는다

소리를 말로 표현하는 것은 분명히 어려운 일입니다. 하지만 주의 깊게 들어 보면 어른한테 배운 말은 순 엉터리라는 것을 금세 알게 됩니다.

여러분은 여러분의 귀를 믿으세요. 그리고 가만히 귀를 기울여 보세요. 틀림없이 딱 어울리는 말을 찾을 수 있을 테니까요. 누가 뭐래도 여러분의 귀는 성능 좋은 새 귀니까요.

소 울음소리를 '운너어어어, 운너어'라고 쓴 아이가 있었습니다. '음매음매'보다 훨씬 더 소 울음소리에 가깝습니다.

기린

2학년   오리하시 게이코

기린 목은

쭈우욱 길다
입은 움바아움바아
항상 움직인다

걸을 때는
포착포착
걷는다

거북

2학년 야나가와 교코

거북이
느기적느기적
걷는다
목을
넣었다
뺐다 하고 있다

　기린이 걸을 때 나는 소리를 '포착포착', 거북이 걸을 때 나는 소리를 '느기적느기적'이라고 표현한 어린이는 성능 좋은 새 귀를 가진 어린이입니다.

앞으로 여러분이 시를 쓸 때는 어른한테 배운 말을 모두 도랑에 처박아 버리세요. 그리고 다른 사람이 쓴 말이나 표현은 되도록 쓰지 마세요. 지금껏 아무도 쓴 적이 없는 말이나 표현을 여러분이 직접 발명하는 거예요. 여러분은 위대한 말 발명가가 되어야 합니다.

오리하시 게이코는 기린이 느릿느릿 쉴 새 없이 입을 움직일 때 나는 소리를 '움바아움바아'라고 표현하고 노란색 털까지 포르르 떨며 걸을 때 나는 소리를 '포착포착'이라고 표현했는데, 이것도 세계 최초의 대발명입니다.

이처럼 새로운 발명을 하겠다는 마음을 항상 지니고 있으면 흔히 보는 표현이 점점 시시해집니다. 읽는 사람이 "앗!" 하고 놀랄 만한 멋진 표현이 술술 떠오르게 되죠. 그것이 시입니다.

떡국

2학년 나카지마 이사오

떡국 떡을 먹었는데
고드름처럼 목에
걸려 버렸다
국물을 마시니까
목의 고드름이
녹아 버렸다

아빠 코

2학년 히로세 가즈코

아빠 코는
빨간색 소프트볼공에
모래 50그램이 얹혀 있다

　우리나라 사람들은 '어리버리'나 '어쭈구리'처럼 원래는 없는 말을 새로 만들어 내는 솜씨가 아주 뛰어납니다. 하지만 그런 말에는 남을 웃겨 보려는 얄팍한 마음이 담겨 있기 때문에 시의 마음과 같다고 할 수 없습니다.

　어른들이 그런 말 만들기에 푹 빠져 있는 틈에, 여러분이 어른들을 저만치 앞질러 버리세요. 보석처럼 근사한 말을 가득 만들어서 어른들을 무릎 꿇리는 거예요.

빗대는 말은 시 체조

준비 체조가 무엇인지 알죠? 맞아요, 운동을 하기 전에 꼭 하는 체조예요. 그래야 근육이 부드럽게 풀려 격렬한 운동을 할 수 있거든요. 준비 체조는 멋진 경기나 신기록의 바탕이 되지요. 그런데 시에도 준비 체조와 비슷한 것이 있습니다. 빗대는 말을 만드는 것입니다.

'달걀프라이 같은 달님.' 이 정도는 누구나 만들 수 있습니다. 지금 잠깐 이 책을 덮고 주위를 둘러보고 간단히 빗대는 말을 만들어 보세요. 잘하고 못하고를 따지지 않는다면 누구나 쉽게 할 수 있습니다.

이것이 시 체조입니다. 처음에는 좀 힘들 수 있지만 익숙해지면 아무것도 아닙니다. 아무것도 아닌 정도가 아니라 점점 재미있어져서, 빗대는 말 100개쯤은 술술 만들 수 있게 됩니다. 100개쯤 만들어 보면 평범한 표현은 시시해집니다. 이런저런 표현을 궁리하게 되죠. 그러면 성공입니다.

그런데 이런 '시의 알'은 가만히 내버려 둬도 어엿한 '시의 병아리'가 됩니다.

다음의 빗대는 말은 초등학교 2학년 어린이들의 작품입니다. 여러분도 이 어린이들에게 지지 않도록 빗대는 말을 만들어 보세요.

코를 보고

―니시모토의 코는 서벗아이스크림에 버찌 하나.　　　구로다 마코토

―오노의 코는 바닥의 쓰레기를 쑤욱 빨아올리는 전기 청소기.

　　　　　　　　　　　　　　　　　　　　　　바바 요코

―선생님 코는 까만 호스, 물 나오는 구멍이 두 개.　　　구보타 신페이

―선생님 코는 터널 두 개에 철길 하나.　　　후루카와 요시카즈

―리에의 코는 계단식 논에 거름통 두 개.　　　시노 유리코

가스 불을 보고

―가스 불은 조그만 사람들이 둥글게 둘러서서 춤추는 것 같다.

　　　　　　　　　　　　　　　　　　　　　후쿠야마 히데아키

―캐스터네츠를 착착착 두드리고 있다.　　　기시모토 게이코

―난롯불은 불의 나라 학교의 학생.　　　구와지마 요시타카

―가스 불은 새우가 팔딱거리는 것 같다. 　　　　　　소다 후미아키

―가스 불은 소인들의 가게가 늘어서 있는 것 같다. 　　기누가사 유코

―가스 불은 쟁반 위에서 조그만 빨간 과자가 뛰고 있는 것 같다.

　　　　　　　　　　　　　　　　　　　　　　　미야마에 준코

―가스는 노란색이랑 빨간색 깃털 같다. 　　　　　히라타 노부히코

앵초꽃을 보고

―꽃은 가마고 그 안에는 여왕님. 　　　　　　　야세 미호코

―결혼할 때 신부가 쓰는 왕관 같다. 　　　　　치카자와 신이치

―빨간 꽃잎은 소인들의 원반. 　　　　　　우에오카 요시하루

―붉은 산에 집이 빼곡히 들어서 있는 것 같다. 　　모리타 가즈히코

―푸른 아이스크림에 붉은 가루를 뿌려 놓은 것 같다. 　미즈카네 쇼코

―이파리가 접시고 꽃이 케이크. 　　　　　　　　다베 노부코

─맨 꼭대기가 공주님, 그 둘레가 공주님의 신하. 　다나카 게이코

수돗물을 보고
─수돗물을 세게 틀어 꼭 쥐면 뱀을 쥔 것 같다. 　다카기 렌자부로

─수돗물은 북극곰의 털 같다. 　야마구치 슌이치

─수돗물은 점퍼의 지퍼 같다. 　고이데 데쓰시

─수돗물은 수정 방울 같다. 　요시무라 긴코

─수돗물은 하얀 나비가 한 줄로 서 있는 것 같다. 　이토 치에코

─수돗물은 외국인의 머리카락을 늘어세운 것 같다. 　다나카 노리코

자, 이렇게 만들어진 '시의 알'이 '시의 병아리'가 되었습니다.

비눗방울

2학년　오노 히로히토

비눗방울이
복어 배처럼 부푼다

점점 부풀어 파란 도깨비

자꾸자꾸 부풀어

커다란 문어 대가리

빨대에서 떨어져

위로 위로 올라간다

돼지 비행기다

천장에 닿을 때쯤 떨어졌다

나는 물개가 공 받기 재주를 부리듯이

고개를 처들고 빨대로 받는다

코끼리 코

2학년   마쓰오카 마리

코끼리 코

기다랗고 쭈욱 뻗어 있다

코끼리 코

털실 지스러기

한복판에 크림색

무늬가 있다

별명 짓기의 달인은 시의 달인

별명 중에는 저절로 박수가 나오는 걸작이 많습니다.

예를 들어 삐쩍 마른 사람에게 붙여 주는 '갈비씨'나 생김새는 불도그(개의 한 종류. 우락부락하게 생겼다) 같은데 싸울 때는 고양이처럼 손톱으로 할퀴는 사람에게 붙여 주는 '불고양이' 등은 훌륭한 걸작이죠. 또 좋다 나쁘다를 떠나 '똥장군' 같은 별명을 들으면 배꼽이 빠지도록 웃음이 납니다.

시에는 갖가지 표현 방법이 있다는 것은 이제 여러분도 알고 있겠죠. 그 가운데 하나가 시 체조에서 공부한 빗대는 말입니다(어려운 말로 '비유'라고 합니다). 여러분은 '감자 같은 달'이라거나 '초콜릿 같은 학교'처럼 더없이 멋진 표현을 만들어 냅니다.

그런데 비유에는 또 한 가지 표현 방법이 있습니다. '달은 감자다.', '학교는 초콜릿이다.'와 같이 표현하는 방법입니다. 앞의 표현보다 훨씬 더 강렬하고 재미있습니다.

여러분은 시를 지을 때 '감자 같은 달'이라는 표현은 곧잘 쓰지만

'달은 감자다.'와 같은 표현은 잘 쓰지 않는 것 같습니다. 그런데 별명이야말로 '달은 감자다.'와 성격이 완전히 똑같습니다. 〈언니는 풍선〉을 읽어 보면 이 사실을 잘 알 수 있습니다.

자, 아부라다 마리코와 아소 미치코의 시를 찬찬히 읽으며 '비유'의 표현을 단단히 익히세요. 깜짝 놀랄 만큼 멋진 시를 짓게 될 테니까요.

언니는 풍선

5학년　아부라다 마리코

언니는 까만 풍선
학교에서 돌아오면
곧장 맘보바지를 입고
엉덩이를 흔들며 걷는다
집에서는 만화책 보면서
사탕을 빨아 먹고
밖에서는 친구들과 남자 애기뿐
그러니까 언니는 까만 풍선

청포도

3학년 아소 미치코

청포도는 나
마리는 작고 까마니까
흑포도
그랬더니
엄마가
"작은 게 좋아."
했다
에이, 괜히 말했다

비유를 술술 잘할 수 있게 되었다면, 다음으로 친척이 아닌 말을 가져오는 이야기로 넘어갈까요?

선생님, 내 부하 해

2학년 구보타 신페이

선생님, 재주 부리는 원숭이가 돼서
사람들 앞에서 쉬해
선생님, 토인종이 돼서
내 부하 해

그래서 성적표에 전부 '수' 줘

선생님

2학년 B 여

이번 우리 담임 선생님은
뺨이 새빨갛습니다
사과 같습니다
사나에의 뺨도
구미의 뺨도
선생님이랑 똑같습니다
그래서 우리는
사과 반이라고
별명을 지었습니다

'사과'라는 말이 문득 눈에 띄었다고 합시다. 맨 먼저 빨간색이나 새콤달콤한 맛이 머릿속에 떠오르겠죠? 그 다음에는 발그레한 뺨이 연상되고 그래서 그런 시를 지었다면 딱히 이상하지 않습니다. 말하자면 그게 보통이죠.

재주 부리는 원숭이, 이것은 한마디로 '까불이' 그 자체입니다. 그렇다면 선생님은 어떤가요? 원숭이와는 정반대입니다. 다시 말해서 사과와 발그레한 뺨은 친척이지만 원숭이와 선생님은 생판 남남인 셈이죠. 두 어린이의 시를 비교하면 단연코 구보타 신페이의 시가 재미있습니다. 그 까닭은 친척이 아닌 말을 가져와 시를 지었기 때문입니다. 이처럼 시를 지을 때는 되도록 생판 남남인 말을 가져와 붙일 것, 그것이 좋은 시를 짓는 지름길입니다.

시의 거짓말

거짓말은 나쁩니다. 하지만 가끔은 거짓말을 해도 좋을 때가 있습니다. 바로 시를 지을 때입니다.

"처음에는 솔직하게 쓰라더니 이젠 거짓말을 하라고? 하이타니라는 사람, 사기꾼 아냐?"

자, 그러지 말고 끝까지 읽어 주세요.

선생님이 잊어버린 것

4학년 야마시타 마사유키

다카토리 산에 갔다
선생님한테 주스를 얻어먹었다
그런데 돈을 안 들고 왔다
선생님은 우리를 인질로 맡기고
돈을 가지러 갔다

걱정이 돼서
나랑 오쿠가와랑 미즈구치가 선생님을 마중 갔다
땀이 났다
귀 언저리에 한 방울
머리에 세 방울
얼굴에 여섯 방울
다리가 해골처럼 돼서
잘 걸을 수가 없다
허리는 아프고
신발 속에 돌멩이는 들어오고
어유, 선생님도 참
제대로 챙겼어야지

이 시에서 '땀이 났다/귀 언저리에 한 방울/머리에 세 방울/얼굴에
여섯 방울'은 거짓말입니다. 땀방울이 보일 리도 없고 아마 세어 보
지도 않았을 거예요. 하지만 덕분에 지은이가 얼마나 필사적으로 달
리고 있는지 잘 와 닿습니다. 만약 이 부분을 '차츰 땀이 나기 시작했
다'라거나 '땀에 흠뻑 젖었다'라고 했다면 어땠을까요? 아무 느낌도
없죠.
초등학교 1학년 어린이도 근사한 거짓말을 할 수 있습니다.

교장 선생님

1학년 나카무라 사토루

교장 선생님과
나카무라 선생님을
비교하면
교장 선생님은
막대기입니다
나카무라 선생님은
개미입니다

교장 선생님이 막대기이거나 나카무라 선생님이 개미일 리는 없습니다. 하지만 만약에 나카무라 사토루가 거짓말을 하기 싫어서 '교장 선생님은 막대기 같습니다, 나카무라 선생님은 개미 같습니다' 라고 썼다면 어땠을까요? 아마 이 시는 아무런 힘도 갖지 못했겠죠.

이처럼 시의 거짓말은 사람을 속이는 거짓말이 아니라 상상력을 도와주는 거짓말입니다.

좀 이상한 말 같지만 이런 거짓말은 좋은 거짓말입니다. 하면 할수록 능숙해지는 거짓말입니다.

사탕

1학년 히가시야마 히사요

감귤빛 작은
동그란 사탕
먹어 보니까
공처럼
데굴데굴 굴러서
입이 동그래졌다

아무리 동그랗기로 사탕이 입 안에서 굴러다닐 수 없지만 덕분에
귀여운 느낌이 아주 잘 살죠.

아기

5학년 구와시마 가즈코

새빨간 얼굴을 한 아기
짤딱짤딱
고개를 흔들며
목욕을 한다
평생 다시는 안 펼 것처럼
주먹을 쥐고 울고 있다

이것도 거짓말로 대성공을 거둔 시입니다. 어디가 거짓말인지 여러분도 알겠죠?

여러분의 시에도 이런 거짓말을 많이 넣도록 하세요. 몰라볼 만큼 작품이 좋아질 테니까요.

시의 트위스트

흥겨운 음악을 들으면 누구나 마음이 들썩입니다. 마음뿐 아니라 손발이며 몸도 들썩들썩합니다. 실제로 춤을 추는 사람도 꽤 많고요.

이런 상태를 가리켜 '리듬을 탄다'고 합니다. 리듬이란 간단히 말해서 박자감이라고 할 수 있는데, 마음이나 몸이 상쾌하게 느껴지는 것이라고 생각하면 될 거예요.

시에도 리듬이 있습니다. 크게 보면 모든 시에는 리듬이 있습니다. 뚜렷한 형태 위에 리듬이 드러나 있는 경우도 있고, 속에 감춰져 있는 경우도 있습니다.

우리 엄마

2학년 아키타 마사요시

우리 엄마는 무섭습니다
우리 엄마는 장난감을 자꾸 치워 버립니다

우리 엄마는 공부를 가르쳐 줍니다

우리 엄마는 외출을 안 합니다

우리 엄마는 책을 정리하라고 합니다

우리 엄마는 싸우지 말라고 합니다

우리 엄마는 집안일을 합니다

우리 엄마는 잠꾸러기입니다

우리 엄마는 천식이 있으면 돌봐 줍니다

우리 엄마는 신문을 읽습니다

우리 엄마는 영화를 좋아합니다

우리 엄마는 하루에 한 번 용돈을 줍니다

우리 엄마는 텔레비전을 많이 봅니다

우리 엄마는 라디오를 듣지 않습니다

우리 엄마는 학생답게 행동하라고 합니다

우리 엄마는 학교에서 돌아오면 바로 공부하라고 합니다

이 시는 '우리 엄마'라는 말이 반복됨으로써 리듬이 생겼습니다. 큰 소리로 읽어 보면 술술 막힘없는 경쾌한 흐름이 느껴집니다. 이처럼 같은 말을 반복하거나 글자 수를 제한하면 리듬이 생깁니다. 물론 어린이 시 중에 글자 수로 리듬이 생기는 시는 없으며, 그런 시는 있어서도 안 된다고 생각합니다.

또 이 시는 '우리 엄마' 라는 말이 앞쪽에 줄줄이 배치되어 있기 때문에 눈에도 강한 인상(마음이나 기억에 새겨지는 느낌)을 줍니다. 곧

시각적 리듬도 갖고 있다는 말이죠.

억 수 같 은 비

3학년 미나미 사치코

억수 같은 비다
아빠는 당장에
"하늘이 화났다."고
한다
장화를 신어도
물 들어오지
우산을 써도
옷 젖지
하늘은
정말 심술쟁이다
지구에 사는 사람들 생각도
좀 해야지

이 시는 아주 시원시원합니다. 읽다 보면 시원스러운 느낌이 든다는 점에서는 〈우리 엄마〉와 비슷합니다. 차이점이라면 자연스레 리듬이 만들어졌다는 점입니다. 말에 다듬질을 하는 과정에서 매우 아름다운 흐름이 생겨난 것이죠.

굳이 말하자면, 미나미 사치코의 시가 더 재미있습니다. 물론 아키타 마사요시의 경우도 처음부터 이러이러한 리듬을 가진 시를 써야지 정해 놓고 쓴 게 아니라면, 그것은 또 그것대로 좋은 시입니다.

시에서 리듬은 중요하지만 머리로는 리듬을 만들어 낼 수 없습니다. 시의 내용(바꿔 말해서, 시의 마음)만 확실하면 시의 리듬은 저절로 생겨납니다.

만약 지금 트위스트 음악이 흘러나온다고 합시다. 트위스트를 배워서 배운 대로 몸을 움직이는 것이 즐거운지, 어떻게 추는지 전혀 모르지만 음악에 따라 마음 가는 대로 몸을 움직이는 게 즐거운지 생각해 보면 금세 알 수 있겠죠.

시의 리듬은 곧 시의 트위스트입니다.

이상한 시

숲속에

작은 새 다람쥐 캥거루

다섯 살쯤 된 여자아이

과자를 받고 좋아하고 있다

눈 언덕을 쪼르르 미끄러져 내려와

깡총거리고

재롱부린다

아아

강아지들은 과자로 만든 성 안에 있고

푸르디푸른 호수에 백조가 떠 있다

하루가 끝나고

또 하루가 끝나고

그러나 까닭 없이

슬픔의 시간이 다가온다

*　*　*

난쟁이가 포크댄스를 춘다

구두굽이 딱딱거리는 소리

귀여운 캐스터네츠

난쟁이가 조그만 손을 마주 친다

사랑스러운 소리

깨물어 주고 싶을 정도다

에스컬레이터가 꼭대기까지 올라갔다

아, 내려간다

저기 꼬마아이가

돼지 같은 아이랑

우엉 같은 아이랑

손을 잡고 포크댄스를 춘다

이 시의 지은이는 초등학교 4학년 후쿠야 교코로, 피부가 까무잡잡하고 눈이 동글동글한 귀여운 어린이입니다. 이 어린이는 요술쟁이도, 시인도 아닙니다. 여러분과 똑같은 초등학생입니다.

그런데도 이 두 편의 시는 참 독특하죠? 우선, 제목이 없습니다. 더구나 읽는 사람은 전혀 생각해 주지 않고 제멋대로 써 놓았습니다. 포크댄스가 어쩌니 하다가 갑자기 에스컬레이터가 튀어나오질 않나, 아무튼 뭐가 뭔지 하나도 알 수 없습니다. 하지만 어쩐지 그냥 넘겨

버릴 수 없는 신기한 매력을 풍기죠. 자, 이제 그 의문을 풀어 볼까요?

첫 번째 시는 이바노비치의 〈도나우 강의 잔물결〉을, 두 번째 시는 네케의 〈크시코스의 우편마차〉를, 그러니까 음악을 들으면서 느낀 것을 그대로 글로 옮긴 것입니다. 어때요, '아하, 그렇구나!' 하는 생각이 들죠?

음악은 원래 말로 표현하는 예술이 아닙니다. 그렇기 때문에 음악을 있는 그대로 느끼고 시로 표현하면 어쩔 수 없이 어려운 작품이 되어 버리죠. 그러나 이 이상한 시는 시를 쓸 때 가장 중요한 것, 그러니까 얽매이지 않는 마음과 거짓 없는 마음을 풍부하게 길러 줍니다.

이 방법만으로 시 쓰는 연습을 하는 것은 바람직하지 않지만, '뭘 써야 할지 모르겠다.'고 투덜거리는 사람이나 설명하는 말을 잔뜩 쓰는 사람에게는 좋은 시 공부법이라고 할 수 있겠죠.

하늘

5학년 차타니 구니코

솜사탕 같은 하늘
바다도 산도 가라앉아 있는 하늘
태풍이 지난 뒤
서쪽 하늘에는 붉은 호수
주위에
복숭앗빛 구름

붉디붉은 호숫물
텔레비전 송신탑 꼭대기에서
붉은 수영복을 입고
힘껏 뛰어든다면
쑤우욱쑤우욱
끝없이
떨어지겠지

저녁놀 진 하늘만으로 시를 짓는 것은 아주 어려운 일입니다. 이 시는 저녁놀 진 하늘의 아름다움을 나름대로 잘 표현하고 있습니다. 머리로 생각해서 쓴 바람직하지 않은 부분이 있지만, 느끼는 마음은 매우 훌륭합니다. 누구나 이 정도 마음은 늘 지니고 있었으면 합니다.

여러분도 명곡을 많이 듣고 이런 이상한 시를 지어 보세요.

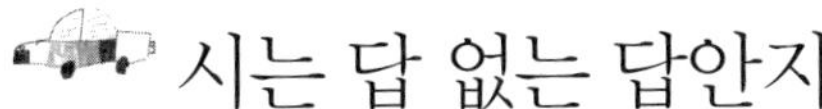 시는 답 없는 답안지

시에는 답이 없습니다. 어떤 경우에도 "이 시는 이런 거예요." 하고 읽는 사람에게 답을 강요해서는 안 됩니다.

시에서 답을 강요하는 사람에는 세 종류가 있습니다.

(1)기쁘다, 슬프다, 즐겁다, 예쁘다 같은 말을 많이 쓰는 사람

에스

3학년　A 남

에스가 죽었다
내가 그렇게 예뻐해 줬는데
가엾은 에스
나는 너무너무 슬프다

(2)자기 생각과 다른 사람의 생각이 똑같을 거라고 멋대로 믿
고 다른 사람이 상상할 기회를 뺏는 사람

고양이

5학년 B 여

길에 버려진 고양이
비를 맞고 울고 있다
나랑 동생이
그 고양이를 가만히 봤더니 따라왔다
"나를 길러 주세요. 버리지 마세요."
하고 말한다

(3)설교하기를 좋아해서 자꾸 남을 가르치려는 사람

급식가방

5학년 C 남

오늘 후지사키의 급식가방이 없어졌다
누가 훔쳐갔을까
나쁜 자식
세상에서 도둑놈이 가장 나쁘다

우리 반에
한 명이라도 그런 아이가 있다면
우리 반의 불명예다

　예로 든 시 세 편은 여러분이 생각해도 별로 재미없죠? 그것은 시에 답을 적어 버렸기 때문입니다. 다음으로, 이것들과 비슷한 시 세 편을 소개하니까 한번 비교해 보세요.

죽은 울리

4학년　아키 마사토

울리가 병에 걸렸다
아침마다 아침마다
울리한테 약을 발라 주었다
오늘 아침
"울리."
하고 불렀는데 대답이 없었다
울리는 고개만
내 쪽으로 돌렸다
"일어서지도 못하는군."
아빠가 조그만 소리로 말하고
문을 닫았다

학교에 갔다
머릿속은 울리 걱정뿐
공부도 뭣도 할 수 없다
울리가 이미 죽은 건 아닐까
아빠가 닭을 사러 갈 때
자전거를 쫓아
콩콩거리며 달려가던 울리
내가 "울리." 하고 부르면
좋아하며 달려와 안기던 울리

학교가 끝나자마자 뛰어갔다
"울리, 병원에 데려갔어?"
엄마는 가만히 있다
"응, 엄마?"
큰소리로 말하니까
"죽었어."
한다

나의 울리인데
깜깜한 구멍 속에 들어가 버렸다
구멍 속은 차가울 텐데
아무 소리도 안 들릴 텐데

내가 불러도 안 들릴 텐데
울리 바보 울리 바보
미즈구치가
"울지 마, 응? 응?"
하고 위로해 줘도
여전히 나는 울었다

이 시에 슬프다거나 불쌍하다는 말은 한 번도 나오지 않습니다. 하지만 〈에스〉보다 훨씬 슬프고 안타깝습니다.

이것만 봐도 슬프다거나 가엾다는 말이 시의 힘을 뚝 떨어뜨려 버린다는 것을 알 수 있습니다. 기쁘다, 슬프다 같은 말을 형용사(꾸밈말)라고 하는데, 시를 쓸 때 이런 설익은 형용사는 되도록 멀리하는 게 좋겠죠.

〈죽은 울리〉에서 아키 마사토는 슬픈 상황과 행동으로 슬픔을 표현했습니다. 그러면 됩니다. 그것으로 충분히 슬픔이 전해집니다. 시에서 꾸밈말을 쓸 때는 아무리 조심해도 지나치지 않습니다.

붉은 개

4학년 마에다 스즈시로

목욕 갔다 돌아오는데
붉은 개가

마른 풀 위에서
커다란 보름달을 바라보고 있었다
그 개
무슨 생각을 하고 있었을까?

　이 시를 〈고양이〉와 비교해 보세요. 이런저런 생각이 떠오르는 시는 어느 쪽인가요? 〈고양이〉는 "나를 길러 주세요. 버리지 마세요."라고 단언해 버렸기 때문에, 시를 읽는 사람은 다른 상상을 할 수가 없습니다. 한마디로 김이 새는 거죠. 하지만 〈붉은 개〉는 읽은 뒤에도 얼마든지 자유롭게 상상을 할 수 있습니다. '정말 그 개는 무슨 생각을 하고 있었을까?' 하고 지은이처럼 생각에 잠기는 거죠.
　어느 쪽이 더 좋은 시인지는 두말할 것도 없습니다.

도둑질

5학년　시게타 히로나오

엄마가 장 보러 간 틈에
지갑에서 10엔을 훔쳤다
내 비밀 저금통에 넣기 전에
잠깐 생각했다
이 저금통에 돈을 넣으면
도둑이 돼 버린다

역시 제자리에 돌려놓는 게 좋을까……
돌려놓으면 게임기를 살 수 없다
어떡하지……
에이
돌려놓자
돈을 제자리에 돌려놓으니까
마음속의 안개가 사라지고
마음이 활짝 밝아졌다

말로만 도둑질은 나쁘다고 하는 사람은 하나도 훌륭하지 않습니다. 도둑질은 나쁘다, 전쟁은 나쁘다는 것쯤은 세상 누구나 아는 상식입니다. 누구나 아는 상식을 큰소리로 외쳐 봤자 아무 소용도 없고 감탄하는 사람도 없습니다. 중요한 것은 그 말을 얼마만큼 행동으로 옮기느냐입니다. 그에 따라 사람의 마음도 움직이죠.

〈급식가방〉의 지은이는 말은 훌륭하게 하지만 실제로 하는 일은 아무것도 없습니다. 시게타 히로나오는 도둑질을 하려다가 마음을 고쳐먹었습니다. 그런 실제 경험을 통해 도둑질은 나쁘다는 것을 마음에 깊이 새겼죠. 인간은 곧잘 길을 잃고 헤매는 동물입니다. 꼭 옳은 길로만 가지 않습니다. 중요한 것은 그 길에 이르기까지 들인 노력이죠.

이처럼 시는 나약한 인간의 솔직한 모습을 담는 것이지 결코 훌륭한 인간의 모습을 담는 것이 아닙니다. 부디 잘 기억해 두세요.

그리고 시를 쓴 뒤에는 혹시 어딘가에 답이 쓰여 있지 않은지 확인해 보는 습관을 들이세요. 그러면 여러분의 시는 점점 진짜 시가 되어 갈 테니까요.

 # 씨를 뿌려야 싹이 나고
뿌린 씨에서 시가 열린다

제아무리 훌륭한 농부라 해도 씨를 뿌리지 않고 열매를 얻을 수는 없습니다. 시도 농사일과 비슷합니다. 좋은 시를 읽고 감동을 받아 '좋아, 나도 시를 한 편 지어 봐야지.'라고 생각만 하고 시의 씨앗을 뿌리지 않는 어린이는 아무것도 얻을 수 없습니다.

"시의 씨앗을 뿌린다는 게 대체 무슨 말이야?"

대답은 간단합니다. 뭐든 좋으니까 글로 써 두는 것입니다.

"쳇, 시시해. 그건 누구나 하는 말이잖아? 그런다고 뭐가 된다는 거야?"

맞습니다. 이건 누구나 하는 말입니다. 위대한 시인 가운데 이 일을 빼먹은 사람은 아무도 없습니다. 종이에 적어 두건 그렇지 않건 방법의 차이는 있어도 모두 이렇게 해 왔습니다. 시 쓰는 일을 평생 자기가 할 일로 여긴 사람이 그랬는데, 시를 공부하고 있는 여러분이 씨도 뿌리지 않고 좋은 시를 지을 수는 없겠죠?

당연한 말이지만 이 말은 꼭 하고 넘어가야겠습니다. 시의 씨앗은 사람마다 제각각입니다. 낙서장을 가지고 있다면 그것이 시의 씨앗입니다. 일기장도 시의 씨앗이죠.

자, 여러분의 시 공부에 도움이 되도록 시의 씨앗과 그 씨앗을 뿌린 밭에서 난 시를 여기에 소개합니다.

— 엄마가 남의 집에서 뭐 먹을 때 나를 보고 눈을 가늘게 뜨고 웃어서 재미있다. 그리고 얌전을 뺀다. 엄마한테 물으니까 여자는 얌전한 척해야 한단다. 엄마가 너무 얌전 빼다가 흘렸다. "어, 흘렸다." 하니까 얌전 빼면서 "어머나, 흘렸네." 했다. 집에서랑 완전 딴판이다. 선생님, 남의 집에서 뭐 먹을 때 얌전 빼지 않아도 괜찮아요.

엄마

1학년 스에마쓰 마리코

엄마는 남의 집에서

뭐 먹을 때

코끼리 아줌마처럼

눈을 가늘게 뜬다

엄마한테 물으니까

여자는

얌전 빼야 한다고 하면서

더 가늘게 눈을 뜬다
내가 갖고 있는
반짝반짝 빛나는
자수 실처럼
가늘게 뜬다

―오늘 새벽 4시쯤에 꿈을 꿨다. 무지무지 무서운 꿈을 꿨다. 다쓰가 사람을 죽이고 다리를 물어뜯어 마당에다 던져 놓고 또 사람을 죽이러 갔다. 와타나베네 식구랑 우리 아파트 사람들이 모두 다 죽었다. 오가와네 집에도 쳐들어갔다. 그러다가 우리 집에 뛰어드는 데서 잠이 깨어 오줌을 누러 가려고 했지만 아직 깜깜해서 관두고 엄마 손을 꼭 잡았다. 땀도 났다. 아침 7시쯤에 오줌 누러 가면서 진짜 무서운 꿈이라고 생각했다.

꿈

3학년   구로다 겐지

다쓰가 사람을 죽였다
사람 다리를 물어뜯어
공중으로 휙 던지고
또 다른 사람을 죽이러 갔다

새빨간 새빨간
눈이 아플 것 같은 피가
철철 흐르고 있었다

나는
엄마 손을 꼬옥 쥐고
1밀리미터도 움직이지 않았다

 본보기 시 따위 걷어차 버리는 이야기

춤을 배우는 사람이 있나요? 서예를 배우는 사람은요? 춤이든 서예든 뭔가를 배울 때는 대개 선생님이 시범을 보이죠. 여러분은 그것을 본보기로 열심히 연습하고요.

이웃에 공부를 잘하는 아이가 있으면, 엄마는 꼭 이런 말을 하곤 합니다.

"○○ 좀 본받아 봐."

본보기가 과연 그렇게 중요할까요? 물론 중요한 경우도 있습니다. 하지만 지나치게 본보기에 얽매이면, 꼬리를 다리 사이에 말아 넣고 사람들 눈치만 살피는 강아지처럼 줏대 없는 사람이 되어 버립니다. 그런 사람은 설사 겉모습이 번듯하다 해도 큰사람은 될 수 없습니다.

시를 쓸 때 본보기 시를 흉내 내려고 해서는 안 됩니다. '본보기는 그냥 본보기일 뿐이야.' 하고 생각해야 합니다.

다음의 시는 어떤 교과서에 실린 시입니다. 교과서 하면 본보기 중에서도 최고의 본보기라고 할 수 있는데, 미우라 사치코는 그 '본보기'를 멋지게 걷어차고 '본보기'보다 훨씬 멋진 시를 지었습니다.

청개구리

3학년 교과서

빽빽한 나무 사이에
청개구리 한 마리가 있다
목을 불룩불룩 움직이며
지그시 나를 노려보고 있다
잡으려고 다가가면
날쌔게 달아날 작정이겠지

청개구리

3학년 미우라 사치코

담벼락 위 청개구리
밑에는 벌집
앞에는 거미집
비는 후둑후둑
청개구리가 턱을 부풀렸다
그러더니

엉덩이를 들고
"개굴." 하고 울었다

　2장에서, 시를 쓰는 갖가지 구체적인 방법을 배웠습니다. 그러나 시를 쓰는 기술이 아무리 좋아도 스스로 새로운 것을 만들어 내겠다는 마음이 없다면 그 기술은 아무 가치가 없습니다.
　지금 바로 4장의 '마코탱탱 이야기'에 실려 있는 〈흉내〉라는 시를 읽어 보세요(228쪽).
　그리고 이 세상에 나는 한 사람뿐이다, 이 넓은 우주에 나는 딱 한 사람밖에 없다는 것을 늘 머릿속으로 생각하며 시를 쓰세요.

시 시험의 비법서

'이걸 읽으면 시 시험에서 높은 점수를 얻을 수 있나 보지?' 라는 생각으로 이 글을 읽는다면 실망할 게 뻔하니까, 그런 사람은 읽지 않는 게 좋습니다.

여러분은 "어떤 시가 좋은 시입니까?"라든가 "이 시는 왜 좋은 시입니까?"와 같은 시험 문제를 본 적이 있나요? 더 나아가, 시의 제목을 맞히라거나 시의 일부를 가려 놓고 거기에 들어갈 적당한 말을 써넣으라는 문제는요?

이런 문제에 어떤 사람은 막힘없이 술술 답을 쓸 수 있었고, 어떤 사람은 화가 날 만큼 당황하기도 했겠죠.

나는 이렇게 말하겠습니다. 술술 답을 쓴 사람은 X표, 화가 날 만큼 당황한 사람은 O표라고요.

이런 문제가 나오면 당황하는 게 정상입니다. 당황하는 사람이 훨씬 더 시를 잘 이해하는 사람입니다. 시는 머리로 이해해서는 안 됩니다. 시는 마음으로 받아들여야 합니다.

이 말을 좀 더 이해하기 쉽게 풀어 써 보죠. 좋은 시를 알아볼 수 있는 비법도 공개하고요.

우선 여러분은

(1)시가 마음에 드는지 안 드는지 정하세요.

(2)다음으로, 마음에 안 드는 시 가운데 쓰레기통에 던져 버리기에는 어쩐지 아깝다 싶은 작품을 골라내세요.

(3)그런 다음 그 시들을 한 번 더 읽어 봅니다. 읽어 보고, '나도 딱 이런데!' 하는 느낌이 들거나 자기 일처럼 느껴지는 시가 있으면 다시 골라냅니다.

대충 그런 것 같다는 느낌 정도로는 안 됩니다. 마음에 팍 꽂힐 정도로 강한 느낌이어야 합니다. 저도 모르게 씨익 웃음이 나거나 '흐음'이나 '히야', '헤헤헤' 같은 말이 저절로 나올 정도는 되어야죠.

자, 이 시들은 어떤가요?

귀지

4학년 다무라 노부유키

엄마가
귀지를 파 주었다

귀지 파는 건 질색이다
왜냐하면

파는 동안
엉덩이가
간질간질하기 때문이다
엉덩이가 간지러우면
"잠깐." 하고
나는 말한다

어쩐지 간질간질해지는 것 같죠?

엄마의 주름

1학년   도쿠시게 가즈코

엄마는 화가 나면
이마에 주름이 생깁니다
내가 펴 줘도
"엄마 말 안 들으면
계속 이러고 있을 거야."
하고 말합니다
엄마가
할머니가 되는 건 싫으니까
나는 똑똑해지려고 합니다

응석꾸러기 1학년이라면 저도 모르게 씨익 웃음이 날지 모르겠군요. 그리고 "히야, 진짜 내 생각하고 똑같잖아!" 하고 무심결에 감탄하겠죠. 이때도 그저 그런 감탄이 아니라 아주 강한 감탄이어야 합니다.

다음 시를 읽어 보세요.

별명

1학년 와다 히데카즈

아빠는 말
피부가 까맣고 얼굴이 길다
엄마는 경단
누나는 납작코
나는 민달팽이
뭘 해도 느림보라서

공사장

4학년 마에카와 시호코

콘크리트 벽돌 귀신이
눈을 동그랗게 뜨고
다 같이

잡초를 노려보고 있다

주

1학년 야마모토 아키오

텔레비전을 보고

밥을 먹다가

발바닥에 쥐가 났는데

말 떼가 마구 뛰어다니는 것 같았다

(4)이런 방법으로 고른 시를 골고루 잘 섞은 다음, 숨을 한 번 크게
쉬고 큰소리로 한 번 더 읽어 봅니다.

(5)마지막으로 할 일. 마음에 드는 시와 마음에 안 드는 시를 다시
한 번 고릅니다. 그중에서 가장 마음에 드는 시와 두 번째로 마
음에 드는 시, 세 번째로 마음에 드는 시를 고릅니다.

그 세 편은 더 볼 것도 없이 걸작입니다. 보나 마나입니다. 틀림없
습니다.

이것이 좋은 시를 고르는 비법입니다. 지금 당장 요술을 부리듯이
좋은 시를 척척 골라내서 친구들을 깜짝 놀라게 해 보세요.

# 미인 시 선발대회

미인 선발대회에서 일등을 한 사람의 사진을 보면 굉장히 예쁘죠. 이런 미인과 결혼할 수 있다면 얼마나 좋을까 생각하는 사람도 있을 거예요.

그런가 하면, 날마다 거울을 보고 정성껏 화장을 하는데도 눈곱만큼도 예뻐지지 않는 딱한 사람도 있습니다.

시에도 얼굴이 있습니다. 얼굴에 화장을 한 시도 있고 하지 않은 시도 있습니다. 시 쓰기에 익숙한 사람일수록 시에 화장을 합니다. 화장이 너무 짙어서 맨 얼굴을 알아볼 수 없는 경우도 있죠.

다음의 시는 말하자면 '미인형' 시라고 할 수 있습니다.

비

4학년 모토야시키 가즈시

날마다 비가 내린다

길바닥 여기저기에
거무튀튀한 웅덩이가 생긴다
그 속으로 빗물이 퐁 떨어지자
한복판에 둥근 원이 생겨
점점 커지다가
그만 사라진다
웅덩이를 가만히 바라보며
귀를 기울이자
포롱 소리가 난다

이번에는 '이상한 얼굴'을 한 시 대표입니다.

비

1학년   후지카와 야스히코

문어 대가리 같은
미끈미끈한 비가
날마다 내린다
나랑 노부타카랑 엄마랑
밖을 보고 있으니까
노부타카가 방귀를 뀐 다음에
밖에서 들어오는 벌레랑

집에서 밖으로 나가는 벌레랑

부딪쳐 버렸다

딱 한 번만 읽고도 이 시가 좋은 시라는 것을 알아보는 사람은 그야 말로 시의 달인입니다. 보통 사람은 이맛살을 찌푸리며 다시 한 번 읽습니다. 비에 대한 시인가 했는데 동생의 방귀가 나오고, 그런가 하면 또 벌레가 나옵니다. 누굴 놀리는 것도 아니고 말이죠. 얼굴로 말하자면 아주 못생긴 얼굴이랄까요? 하지만 화장기라고는 없는 못생긴 시야말로 시의 왕이랍니다.

자, 다시 찬찬히 읽어 볼까요?

'문어 대가리 같은 미끈미끈한 비가'에는 깜짝 놀랄 만한 아름다움이 담겨 있습니다. 날이면 날마다 내리는 비에 넌더리를 내며 하릴없이 멍하니 창밖을 보고 있다, 동생이 방귀를 뀌었지만 평소처럼 깔깔깔 웃지도 않는다, 마음에 곰팡이가 슬 정도로 지루하다, 그렇게 지루해하던 터에 조그만 벌레의 충돌 현장을 목격한다…… 이런 식으로 생각하면 뚝뚝 끊어진 듯 보이는 이 시가 얼마나 튼튼한 뼈대를 가졌는지 깨달을 수 있습니다.

노트르담의 꼽추처럼 못생긴 이 시가 탄생했을 때, 나는 소리쳤습니다.

"예쁜 사람은 죽어라! 못생긴 사람 만세!"

뭐라고요, 하이타니 선생님은 보나 마나 못생겼을 거라고요? 헤헤 헤헤헤.

옛날 시

옛날 어린이들은 어떤 시를 지었을까요? 그리고 요즘 어린이들은 그 시를 어떻게 평가할까요?

40년 전쯤, 그러니까 지금 나이가 50세 안팎인 어른들이 초등학생일 무렵에는 이런 시를 지었답니다.

등에

등에 한 마리가 날아왔다
뭐라고 하고 날아왔나
춥다 하고 날아왔다
배고파 하고 날아왔다
따뜻한 수프를 주었더니
부웅 하고 날아갔다

―(감상) 이상한 시다. 광고 노래 같다. 동화에 나오는 시하고도
되게 비슷하다.

3학년 오즈카 료이치

이 무렵은 〈구두가 울린다〉나 〈카나리아〉처럼 여러분도 잘 알고
있는 동요가 만들어진 때여서 그런지, 아이들도 그 동요를 흉내 낸 것
같습니다. 그래도 어린이가 어른의 도움 없이 자기 스스로 시를 짓기
시작한 것이 바로 이 무렵이랍니다.
  다음은 35년쯤 전의 시입니다.

저녁 해

새장 속에
저녁 해가 비쳐 들었다
새알 속까지 빨갛게 비쳤다
저녁 해가 저물 때까지
빨간 알

―(감상) 잘 쓴 것 같긴 한데, 선생님이 읽어 준 옛날 시는 새나 꽃
처럼 자연을 다룬 것뿐이고 사람이 거의 나오지 않아서 재미
없다. 그래도 이 시절의 어린이는 훌륭한 마음의 안테나를 가
졌다.

4학년 기타하라 미치오

1930년에서 1950년 사이에는 이런 시가 많았습니다.

볏짚 두드리기

닭한테 물을 주고
아빠한테 볏짚을 나눠 받았다
마당 한구석에서 볏짚을 두드린다
등이 뜨거워진다
옷을 하나 벗는다
지붕에서 눈이 녹아
물이 똑똑 떨어진다

—(감상) 이 무렵에는 노동하는 사람이나 일하는 사람에 대한 시가 많은데, 시의 길이도 길고 그럭저럭 괜찮은 것 같다. 오세키 마쓰사부로라는 사람이 쓴 〈버러지〉나 〈물을 마신다〉 같은 시는 내가 지금까지 읽은 시 가운데 최고다. 선생님은 늘 "뒤로 벌렁 나자빠질 만한 시를 써라." 하는데, 오세키 마쓰사부로의 시가 바로 그런 시다. 4학년 기타하라 미치오

"좋은 시를 쓰려면 좋은 삶을 살아라."는 말이 있는데, 이 무렵의 아이들은 이 말을 잘 실천하고 있습니다. 그 뒤 일본은 불행한 전쟁의 시대를 맞고, 시도 완전히 달라져 버립니다.

7월 7일

7월 7일입니다
꼬박 2년
니시무라네 아빠도
2년째 전쟁에 나가 계십니다
고맙습니다

— (감상) 전쟁은 사람을 죽이는 거잖아요. 그런데 왜 고맙다고 하
는 거예요, 선생님?

2학년 야마다 세이이치

끔찍한 전쟁도 끝나고, 새로운 일본을 만들어 낼 사람으로서 여러
분이 태어납니다. 그리고 《고추잠자리》《시의 나라》《기린》《은하》
같은 어린이 잡지 속에서 훌륭한 어린이 시가 대포알처럼 펑펑 터져
나옵니다.

7인의 무사

무사는
오줌을 누지 않습니다
똥도 싸지 않습니다
4명 죽고

3명 남았습니다

다음은…… 다음은 여러분 차례입니다. 여러분이 시의 역사를 만들어 나가는 것이죠. 자, 바통을 이어받아 힘껏 달리세요!

* '옛날 시'는 《일본 시단의 전개사》 가운데 어린이 시 부분을 참고해서 썼습니다.

3장
하느님한테 방귀를

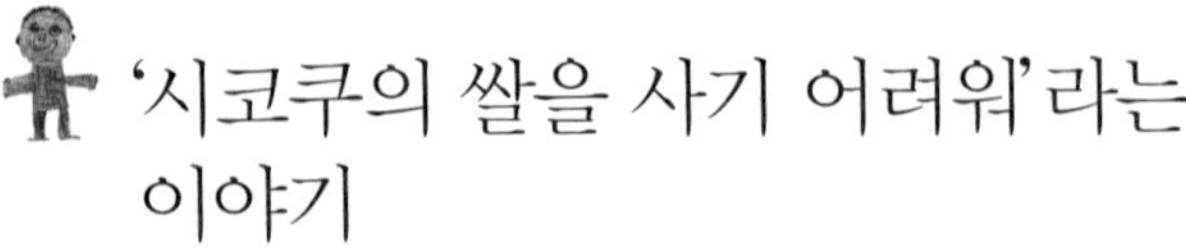

'시코쿠의 쌀을 사기 어려워'라는 이야기

지금부터 380년 전쯤에, 여러분도 잘 아는 도요토미 히데요시가 시코쿠의 다카마쓰 성을 공격한 적이 있습니다. 그때 어느 담벼락에 이런 낙서가 적혀 있었습니다.

'시코쿠의 쌀을 사기 어려워 오늘 다섯 되 사고 내일 다섯 되 사네.'

겉으로 드러나는 의미는 시코쿠의 쌀을 한번에 많이 사지 못해서 날마다 다섯 되씩 산다는 말이지만, 지은이가 정말로 하고 싶은 말은 다음과 같습니다.

'도요토미 히데요시라는 사내는 말만 거창하게 할 뿐 다카마쓰 성 하나 변변히 함락시키지 못한다.'

'다섯 되 사다'의 속뜻은 '바다 건너 군사를 보낸다'는 뜻입니다(이 말의 일본어 발음은 '고토카이'인데, '고토카이'는 '다섯 되 사다'라는 말도 되고 '바다를 건너는 배'라는 말도 된다).

어느 시대건 전쟁이 나면 일반 백성들이 가장 고통을 받게 마련인데, 이 글을 쓴 사람도 힘없는 사람들을 괴롭히는 도요토미 히데요시에게 화를 내고 있는 거죠.

약한 사람을 괴롭히는 사람을 미워하는 것, 도리에 어긋나는 일에 화를 내는 것을 어른들 말로 '저항'이라고 합니다. 우리나라의 시에는 이런 저항 정신, 비판 정신이 면면히 이어져 내려오고 있습니다. 시를 쓰는 여러분, 시를 쓰려고 하는 여러분은 이 훌륭한 전통을 반드시 이어 나가야 합니다.

다른 사람의 눈치를 보지 말고 자기 생각을 있는 그대로 쓰세요. 잘못된 것은 잘못됐다고, 나쁜 것은 나쁘다고, 좋은 것은 좋다고 하세요. 자기가 그렇다고 생각하거나 느꼈다면 절대로 감추거나 속이지 말고 거침없이 쓰세요. 그런 습관을 몸에 익혀야 합니다.

빡빡머리

6학년 사사키 다카히코

중학생이 되면 머리를 빡빡 깎는다
다들 어떤 모습일까?
나카니시는
조금 멀리서 보면 눈썹이
있는지 없는지 모르겠고
머리는 파르스레 반들거린다
나는 키가 작아서 이상할 것 같다

"다카히코, 빡빡머리 볼만하겠네."
형이 벌써부터 놀려 댄다
자기도 표주박 같다고
놀림받았으면서

중학생은 왜 머리를 빡빡 깎아야 해?
누가 그렇게 정한 거야?

이 시의 지은이 사사키 다카히코는 빡빡머리가 되어야 하는 것에 화를 낸다기보다 그것이 부당하다고 주장하고 있습니다.

나는 사사키 다카히코의 주장이 정당하다고 생각합니다. 빡빡머리는 스님처럼 특별한 직업을 가졌거나 죄수처럼 나쁜 짓을 저지르고 감옥에 갇힌 사람 등, 뭔가 이유가 있는 사람들이 하는 머리입니다. 덥수룩한 까만 머리가 인간의 자연스러운 모습이죠.

그런데 누군가의 편리를 위해 빡빡머리를 만들어 버리는 것은 잘못입니다. 어른은 어린이에게 그런 일을 명령할 권리가 없다고 생각합니다.

사사키 다카히코는 이 점을 당당하고 딱 부러지게 꼬집고 있습니다. 그 용기가 감탄스럽습니다. 시를 쓰거나 시를 읽음으로써 이런 훌륭한 태도가 길러진다면, 시야말로 정말 굉장한 것 아닐까요?

보너스 나올 때

3학년 나리타 가즈코

아빠는
보너스 나올 때는
무지무지 상냥하다
엄마도
아빠한테만
맛있는 것을 잔뜩 만들어 준다
"나도" 하고 말하면
"무슨 소리야?" 한다
그래서 어른들이 싫다

보너스

4학년 가이사쿠 가쓰오

보너스를 받으면
모두들 즐거워한다
백화점에 가서
이것저것 가득 사고
슈퍼마켓에 가서

이것저것 가득 산다
어른들은 미래를
도대체 생각하지 않는다

　이 시의 지은이들도 어른들을 비판적인 눈으로 바라보고 있습니다. 사물의 이치를 꿰뚫고 있습니다. 물론 어른들에게는 어른들이 사는 방식이 있고 그럴 만한 이유도 있겠죠. 그렇다고 잘못된 길을 가도 좋다는 것은 아닙니다.

　보너스를 받았을 때만 아빠한테 잘해 주는 엄마의 편의주의(그때 그때의 사정에 따르는 것)도, 목돈이 생기면 옳거니 하고 이것저것 사 들이는 어른들의 무계획적인 모습도 둘 다 옳지 않습니다.

　어른이라고 그냥 눈감아 줘서는 안 됩니다. ‘엄마한테 다 생각이 있겠지.’ 하며 괜한 이해력을 발휘하고, 그것이 착한 어린이라고 생각하는 것은 큰 잘못입니다. 비판하는 마음은 항상 진실을 알고 있고, 그 진실이 무엇인지 정확히 가르쳐 주는 나침반과 같습니다.

휩쓸려 간 유타카

4학년　나카타니 다카오

유타카는 신발을 씻고 있었다
눈 깜짝할 사이에 물살에 휩쓸려 갔다
뭐가 어떻게 된 건지 알 수 없었다

할머니가 도와 달라고 했다
후지모토 선생님의 동생이 뛰어들었다
유타카는 죽은 듯이 끌려 올라왔다
유타카의 무릎에서
고래 고기처럼
피가 철철 나고 있었다

유타카는 잘못한 거 없다
제2댐 입구에서
갑자기 물이 쏟아져 나왔다

　나카타니 다카오는 누가 가장 나쁜 사람인지 정확하게 알고 있습니다. 모르는 사람들은 "그렇게 어린애들이 왜 강가에 내려갔어?"라거나 "무슨 장난을 쳤길래 신발이 이렇게 더러워졌냐?"는 등 한마디씩 했겠죠. 사람들이 뭐라고 하건 다카오는 정말로 잘못한 사람은 누구라고 딱 잘라 말하고 있습니다. 강한 힘이 그대로 느껴집니다. 그것은 시 속에 비판하는 마음을 훈련하게 담아냈기 때문이죠.

　비판하는 마음과 저항 정신은 더 나은 세상을 만드는 큰 원동력이 될 뿐 아니라, 한 인간을 강인하게 단련시켜 주기도 합니다. 정의로운 사람이 되고 싶은 마음은 누구에게나 있습니다. 하지만 항상 그런 마음을 갖기는 쉽지 않습니다. 비판 정신과 저항 정신은 언제나 자신을 올바른 방향으로 이끌어 주는 키와 같습니다.

 # 시의 날

생일날, 충치 예방의 날, 눈 보호의 날 등 무슨 무슨 날은 수없이 많습니다. 그런데 시의 날은 아직까지 세상 어디에도 없습니다.

옛날 우리나라에는 좋아하는 사람에게 시를 지어 바치는 놀이가 크게 유행한 적이 있습니다. 하지만 언제부턴가 쇠퇴해 버렸습니다. 이유야 여러 가지겠지만 안타까운 일이죠.

이번 기회에 시의 날을 정해서 어른도 아이도, 할아버지도 할머니도 다들 시를 지어 가장 좋아하는 사람에게 선물하면 어떨까요?

엄마

4학년   히구치 마사카즈

아빠는
병원에 있다

엄마는
열심히 일한다
엄마는
돌아오면
마치
아픈 사람처럼
쓰러진다

"바쁘면
내가 도울게."
하고 말했다
"그럴 거 없어."
엄마가 말했다
"왜?"
하고 물으니까
"어린애가
가엾잖아."
한다
진짜로 가엾은 건
엄마인데

히구치 마사카즈의 시는 일하는 엄마한테 선물하면 좋겠군요. 틀림없이 눈물을 흘리며 기뻐하실 거예요.

물론 시는 누군가를 위해, 무엇인가를 위해 쓰는 것이 아니니까 처음부터 목적을 갖고 쓰는 것은 별로 좋지 않습니다. 하지만 늘 시를 쓰는 사람이 자기 시가 적힌 공책에서 한 편을 골라 선물하는 것은 괜찮지 않을까요?

시를 쓰는 것은 아름다운 마음을 쓰는 것입니다. 시는 아름다운 마음에서 나온다고 할 수 있습니다. 아무리 나쁜 사람이라도 어딘가에는 아름다운 마음, 상냥한 마음이 숨어 있는 법입니다. 마찬가지로 아무리 심술궂은 아이한테도, 아무리 거친 아이한테도 어딘가에 상냥한 마음이 숨어 있게 마련이죠. 시를 쓴다는 것, 시를 읽는다는 것은 그 마음을 찾아내 따뜻하게 데워 주고 커다랗게 만들어 주는 것과 다르지 않습니다.

아빠와 맥주

5학년 시라하세 기요미

어제는 아빠
생일이었다
맥주를 사 드렸다
"기요미가 한턱냈으니
나중에 보답하마.
지금은 살림이 빠듯해서

보답할 수가 없구나."
하고 아빠가 말한다
"무슨 소리야,
자기 자식이 사 주는 걸
어려워하면
맥주 맛 떨어져.
단숨에 쫙 마셔."
하니까
"오냐, 좋다."
하고 맛있게 맥주를 들이켜고
싱글벙글 웃었다

아름다운 마음이 담긴 시를 읽은 아이는 아름다운 마음이 훨씬 더 아름다워집니다. 상냥한 마음이 가득 담긴 시를 쓴 아이는 상냥한 마음이 훨씬 더 상냥해집니다. 시는 그런 것입니다. 그렇기에 가치가 있습니다.

약속

3학년 미즈구치 마사유키

나는 크면
3층집을 지어 주겠다고

엄마랑

할머니랑 약속했다

나는 일을 해서

돈을 모으면

영화도 보여 줄 거다

열심히 일하지 않으면

3층집 못 짓는다

제아무리 마음씨가 고운 사람도 자꾸 나쁜 짓을 하면 상냥한 마음
이 조금씩 바래져서 나중에는 사라져 버립니다. 마음씨 고운 사람이
왜 나쁜 짓을 저지르겠냐고 말하는 사람이 있을지 모르지만 꼭 그렇
지 않습니다. 아무리 착한 어린이도 때로는 욕심 때문에 다른 사람을
나 몰라라 하니까요.

인간이라면 누구나 어쩔 수 없는 일입니다. 그래서 시가 필요한 거
랍니다.

새싹에 물을 주며 무럭무럭 자라도록 보살피듯이, 자신의 아름다
운 마음도 끊임없이 살피며 키워 나가야 합니다. 시는 그 마음이 얼마
나 자랐는지 재어 보는 자와 같습니다. 또 시는 아름다운 마음을 길러
주는 물이기도 합니다.

언제까지나

3학년 오카 스즈미

아기 때부터
엄마랑 같이 잔다
언제나
엄마 팔베개를 베고 잔다
식구들은
"스즈미는 언제쯤 혼자 잘 거야?"
하고 묻지만
나는 언제까지나
엄마 품에서 잘 거다

아름다운 마음이 언제까지나 아름다울 수 있도록, 상냥한 마음이 언제까지나 상냥할 수 있도록 항상 자신을 돌아보세요. 그렇다고 오늘 하루를 반성하라고 설교하는 것은 아닙니다.

다만, 시를 여러분의 친구로 여겨 주세요. 시를 많이많이 읽어 주세요.

앞에서 말한 '시의 날'이 실제로 만들어져서 수많은 아름다운 마음이 사람과 사람 사이를 오갈 수 있게 된다면, 온 세상의 공기는 분명 장밋빛으로 아름답게 빛날 것입니다.

# 하느님한테 방귀를

방귀

3학년   미쓰야마 요시코

내가 어른이라면

간호사가 되어

방귀만 뀌겠습니다

환자를 진찰할 때도

방귀를 뀌겠습니다

환자가 꾹 참고 있으면

자꾸자꾸

방귀를 뀌겠습니다

결혼해서도 방귀를 뀌겠습니다

내가 낳은 아이한테도

방귀를 뀌게 하겠습니다

기쁠 때도
방귀를 뀌겠습니다
좋은 일이 있을 때도
방귀를 뀌어 축하하겠습니다
내가 좋은 일을 하고 죽으면
모두들 무덤에 와서
칭찬해 주겠죠
그때도
방귀를 뀌어서
사람들을 놀래 주겠습니다
하느님이 화를 내도
뿡뿡 방귀를 뀌어서
얼렁뚱땅 넘어가겠습니다

정말 놀랍습니다. 방귀에 관한 시는 많이 읽어 봤지만 이런 시는 처음입니다. 하느님한테 방귀를 뀌어서 얼렁뚱땅 넘어가겠다니, 그야말로 걸작입니다.

혹시 이 어린이는 집에서 방귀를 뀌면 야단을 맞는 게 아닐까요? "여자는 남 앞에서 방귀 뀌는 거 아냐." 하고 엄마가 늘 주의를 주는지도 모르겠습니다. 그래서 한 번쯤 속이 후련해질 만큼 방귀를 실컷 뀌어 보고 싶다고 생각했을 수 있죠.

더구나 무덤 속에 들어가서도 방귀를 뀌겠다고 합니다. 이 정도가지 방귀에 푹 빠질 수 있다면 방귀도 대단하다는 생각이 드는군요.

어린이의 시에는 방귀를 소재로 한 것이 아주 많습니다. 방귀 하면 다들 깔깔거릴 뿐 아니라, 무엇보다 우리에게 친근한 것이기 때문에 시의 소재로 딱 좋으니까요. 하지만 그럴수록 단단히 마음을 다잡고 쓰지 않으면 엉터리 시가 되어 버립니다.

미쓰야마 요시코가 하느님에게 방귀를 뀐다는, 언뜻 말도 안 되는 소리를 하는데도 읽는 사람에게 전혀 엉터리 같은 느낌을 주지 않는 까닭은 무엇일까요? 그것은 미쓰야마 요시코에게 남들을 웃기겠다는 얄팍한 마음이 눈곱만큼도 없기 때문입니다.

이상한 말 같지만, 요시코는 방귀와 있는 힘껏 싸우고 있습니다. 방귀에 푹 빠져 있습니다. 방귀에 몰입해 버린 거죠.

'몰입하는 마음'은 시를 쓰거나 읽을 때 매우 중요합니다. 좋은 시에는 하나같이 몰입하는 마음이 있습니다. 몰입하는 마음이 손에 잡힐 듯 느껴집니다.

몰입하는 마음을 좀 더 쉽게 말하면, 너무 좋아서 어쩔 줄 모르는 마음, 자기를 잃어버릴 만큼 푹 빠져 버리는 마음이라고 할 수 있습니다.

여러분은 스스로도 감당할 수 없을 만큼 뭔가를 무지무지 좋아해 본 경험이 있나요? 바나나 먹기든, 그림 그리기든, 모형 비행기 만들기든, 장난 치기든, 친한 친구랑 놀기든 무엇이든 상관없습니다.

그런 경험이 있다고 손을 들 수 있는 사람은 멋진 사람입니다. 스스로 감당하기 힘들 만큼 뭔가를 무지무지 좋아해 본 경험이 많은 사람은 단순히 멋진 사람이 아니라 가치 있는 일을 할 수 있는 사람이기도 합니다.

몰입하는 마음은 로켓의 분출구와 같습니다. 사람을 앞으로 쭉쭉 뻗어 나가게 해 주죠. 시도 마찬가지예요. 몰입하는 마음 없이 지은 시는 금세 땅으로 떨어집니다. 좋아하는 마음으로 쓴 시일수록 멀리 멀리 쭉쭉 뻗어 가는 로켓처럼 훌륭한 시입니다.

그러므로 몰입의 깊이가 얼마나 깊은지 비교하면 좋은 시를 쉽게 골라낼 수 있습니다. 다음의 시를 읽어 보세요.

대불상

4학년 다이도 마유미

나라에 가니까
대불상이
있었다
가만히 앉아 있으려면
되게 힘들겠다
누워 자려면
커다란 이불이 있어야 될 것 같다
베개는 얼마만 할까?
내 베개를 주면
귓속에 들어가 버릴 것 같다
배꼽은

얼마만 할까?
귀지를 팔 때는
삽으로 팔까?

이 시를 쓴 다이도 마유미는 대불상을 바라보는 사이에 대불상 속으로 쪽쪽 빨려 들어갔습니다. 그리고 대불상에 푹 빠져 이것저것 생각하기 시작했습니다. 다시 말해서 대불상에 몰입하고 대불상을 좋아하게 된 거죠. 입을 딱 벌린 채 대불상을 빤히 쳐다보고 있는 마유미의 모습이 눈에 보이는 듯합니다.

어딘가에 몰입해 있는 사람은 아름답다고 합니다. 열심히 일하는 사람의 옆얼굴은 깜짝 놀랄 만큼 아름답다고들 하죠. 시도 마찬가지입니다. 몰입하면 할수록 아름다운 작품이 탄생됩니다. 아름다운 빛이 뿜어져 나옵니다.

 태풍이 치면 어때?

사사오 스스무라는 아이가 있었습니다. 초등학교 5학년이나 되고도 읽을 줄 아는 글자나 쓸 줄 아는 글자가 거의 없었죠. 예를 들어 '선생님은 왜 나를 예뻐해 주세요?' 를 '선새외나에뻐주세요.' 라고밖에 쓸 줄 몰랐습니다.

하지만 스스무는 어떻게든 나한테 편지를 쓰고 싶었던 모양입니다. 글자 공부나 글쓰기라면 딱 질색인 아이가 편지만은 열심히 써 왔으니까요. 물론 대부분은 도통 뭐라고 쓴 건지 알아볼 수 없는 편지였죠. 하지만 나는 인간의 힘은 참 대단하다는 것을 느꼈습니다. 2학기 들어 스스무는 마침내 다음과 같은 시를 썼습니다.

지금은 태풍이 한창

5학년 사사오 스스무

지금은 태풍이 한창

나는 태풍이 진짜 좋다
남자다우니까
선생님도 틀림없이 태풍이 좋다
풍속 40미터면 어때?
갑자기 편지를 쓰고 싶어졌다
정전이라서
촛불을 켜고 쓴다
지금쯤 선생님은 뭐 할까?

나는 감탄했습니다. 글쓰기 실력이 좋아져서가 아닙니다. 쓰고 싶으니까 쓴다는 그 태도에 감탄한 것입니다. 편지를 쓰고 싶으니까, 정전이지만 촛불을 켜고서라도 편지를 쓰는 사람은 스스무밖에 없을 거라고 생각했던 거죠.

왜 시를 쓰냐는 질문에 곧바로 대답할 수 있는 사람이 있나요?

스스무는 아마 이렇게 대답할 것입니다.

"쓰고 싶으니까."

쓰고 싶으니까 쓴다, 이것이야말로 정답이겠죠.

시는 억누르려 해도 억누를 수 없는 것, 마음속에서 불뚝불뚝 솟아오르는 것입니다. 시를 쓸 때 이런 태도로 써야 합니다. 선생님이나 부모님이 쓰라고 하니까, 선생님한테 칭찬받고 싶어서, 잡지에 실리고 싶어서 시를 쓰는 것은 부끄러운 일입니다. 대회에 나가 상을 받고 싶어서라면 더더욱 좋지 않습니다.

죽는 꿈

5학년   가토 요시오

새벽녘에 꿈을 꿨다

신문을 다 돌리고 집에 돌아온 꿈

엄마, 나 왔어

피곤해

배도 아파

엄마는

너, 맛있는 것도 못 먹고

일을 해서

힘든 거 아니니?

힘들면 그만둬

그만두면 850엔이 안 생기는걸

배가 점점 더 아파서

변소에 가려고 했는데

비틀비틀하다가 쓰러져 버렸다

마지막으로 비틀하다가

변소에 빠졌다

엉덩이가 철퍽 똥에 닿고

얼굴은 신발 위

목소리도 안 나왔다

딱 한마디
엄마 하고 말했다
그러다 변소에서 죽었다
그때 눈을 떴다
나는 이불 속에서 울었다
그리고 이 꿈을 시로 쓰자고 생각했다
죽었다는 글씨를 쓸 때
눈물이 났다
그래도 눈물을 닦고 시를 썼다

잘 썼다 못 썼다로 말하자면, 이 시는 잘 쓴 시가 아닙니다. 하지만 상을 받기 위해 시를 쓰는 아이의 마음에 비한다면 가토 요시오의 마음은 까마득히 높은 곳에 있습니다. 시는 잘 쓰지 못하지만 시의 마음만은 단단히 붙잡고 있다고 할까요?

시를 쓰고 싶은 마음은 뭔가 특별한 재료가 있을 때만 생기는 것이 아닙니다. 스스무나 요시오처럼, 아무리 사소하다 해도 꼭 쓰고 싶은 것이 있으니까요. 다시 말해서 재료의 문제가 아니라 마음의 문제라는 거죠.

커 피

5학년 마쓰이 도요코

엄마가
커피를 탔다
거무튀튀한 색깔 속에
하얀 각설탕을 넣었다
어쩐지
커피한테
각설탕을
빼앗겨 버린 것 같다

이것은 아주 사소한 발견입니다. 누구나 커피를 마시다가 한 번쯤 경험해 본 일이죠. 마쓰이 도요코는 비록 당연한 것이지만 뭐랄까, 소박한 신기함이라고 할 만한 기분에 젖어 연필을 들었습니다.

그야말로 쓰고 싶어서 쓴 것이죠.

시가 아름다운 까닭은 이처럼 순수하기 때문입니다. 시를 써서 다른 뭔가를 해 보려는 마음이 눈곱만큼도 없기 때문에 시는 아름다운 것입니다. 순수하게 쓰고 싶어서 쓰는 마음이 시의 마음이죠.

결국 시는 순수하게 자기 자신을 위해 쓰는 것입니다. 그것이 시의 유일한 목적이라면 목적입니다.

욕심쟁이

"시간을 5초 줄 테니까 지금 하고 싶은 것을 쓰세요." 이 말을 듣자마자 "네." 하고 쓸 수 있는 사람이 있나요? 단박에 쓸 수 있는 사람은 열 명 가운데 한 명 정도가 아닐까요? 사람마다 다르겠지만, 단박에 쓰지 못하는 건 대개 지금 당장 하고 싶은 것이 너무 많아서가 아닐까요?

사람은 욕심으로 똘똘 뭉친 덩어리와 같습니다. 이것도 하고 싶고 저것도 하고 싶습니다. 그래서 하나만 쓰기 힘든 거죠. 하지만 욕심을 버리라고 설교할 마음은 없습니다.

욕심은 많을수록 좋습니다. 욕심 많은 사람은 뭘 하더라도 잘할 수 있습니다. 다들 욕심쟁이가 되세요.

그런데 한 가지 걱정이 있습니다. 욕심스러운 마음을 시에 담아낼 때 이상하게 흔해 빠진 표현이 많아진다는 점입니다. 여러분도 알다시피 상상력이 담겨 있지 않은 시는 시로서 별 가치가 없습니다. 그런데 '상상력'이 담긴 부분을 자세히 살펴보면 '욕심'이 꽤 섞여 있다는 것을 알 수 있습니다.

하와이에 가서

1학년 마치 가쓰로

하와이에 가서
바나나 하나를 따서
껍질만 남겨
하와이 남자를
미끄러뜨려 주고 싶다
바다에서 헤엄치고
비닐 튜브 배로
물에 빠진 사람을 구해 주고
과자를 와구와구 먹고
훌라춤을 추고 싶다

뭔가 신기한 것이 있으면 당장에 보고 싶은 마음이나 욕심나는 마음은 시를 쓸 때 매우 중요합니다. 시를 쓸 때는 이런 욕심스러운 마음이 없으면 곤란하죠. 그런데 여러분은 다음의 시가 좋다, 잘 썼다고 생각되나요?

갖고 싶은 것

1학년 A 남

플라스틱 모형 장난감을 갖고 싶다

배지를 끼워 주는 껌도 사고 싶다

니시카와도 갖고 있으니까

자전거를 갖고 싶다

하지만 돈이 없으면

아무것도 살 수 없으니까

역시 돈이 있었으면 좋겠다

이 시가 여러분을 감동시키지 못하는 까닭은 표현이 흔해 빠졌고, 욕심은 담겨 있지만 상상력이 빠져 있기 때문입니다.

핫케이크

1학년 나카지마 이사오

내가 지금 제일 하고 싶은 일은

핫케이크를 배 터지게 먹는 일

꿀이랑 크림이랑 버터를

듬뿍듬뿍 발라서 먹는 일

아침에 백 개 먹고 싶다

밤에도 백 개 먹고 싶다
핫케이크 산에 올라가
톱으로 쓱싹쓱싹 잘라서
커다란 포크로 찍어서
와구와구 먹고 싶다
죽을 때까지 먹고 싶다

　욕심도 이 정도면 대단합니다. 전혀 잘 쓴 시 같지 않은데도 "우와!" 하고 감탄하게 되는 까닭은 욕심스러운 마음을 상상하는 마음으로 끌어올렸기 때문입니다.

　욕심과 상상력은 아이와 어른 같아서, 욕심에서 비롯된 마음을 상상하는 마음으로 키워 나가는 것이 좋습니다. 시인인 다케나카 이쿠 선생님은 욕심스러운 마음을 거치지 않고 곧바로 상상하는 마음을 표현해서는 안 된다고 했습니다. 옳은 말입니다.

　나카지마 이사오처럼 욕심스러운 마음을 표현하되 평범하지 않게 표현하는 것이 가장 좋습니다.

　그럼, 여자아이에게 다음의 시를 선물해 봅시다.

예뻐지고 싶다

1학년　구니모토 후사요

빨리 어른이 돼서

예뻐지고 싶다
화장품도
고급으로 한번 써 보고 싶다
옷도 예쁜 걸로 입고 싶다
5만 엔짜리 옷을 사서
한번 입고 싶다
금색 은색으로
반짝반짝 빛나는 것이 좋아요

4장

너는 오늘부터 꽃이야

＊ 껌 하나

껌 하나

3학년 무라이 야스코

선생님 화내지 마세요
선생님 제발 화내지 마세요
나 굉장히 나쁜 짓을 했어요

나 가게에서
껌을 훔쳤어요
1학년 애랑 둘이서
껌을 훔쳤어요
금방 들켰어요
틀림없이 하느님이
주인 아줌마한테 알린 거예요

나 말도 못했어요
온몸이 장난감처럼
부들부들 떨렸어요
내가 1학년 애한테
"훔쳐."라고 했어요
1학년 애가
"너도 훔쳐."라고 했지만
나는 들킬까 봐
싫다고 했어요

1학년 애가 훔쳤어요

하지만 내가 나빠요
그 애보다 백 배 천 배 나빠요
나빠요
나빠요
나빠요
내가 나빠요
엄마한테
안 들킬 줄 알았는데
금방 들켰어요
그렇게 무서운 엄마 얼굴

처음 봤어요
그렇게 슬픈 엄마 얼굴 처음 봤어요
죽도록 때리고는
"너 같은 애는 우리 애 아냐, 나가."
엄마는 울면서
그렇게 말했어요

나 혼자 집을 나갔어요
늘 가던 공원에 갔는데도
다른 나라에 온 것 같았어요, 선생님
어디로 가 버리고 싶었어요
하지만 아무리 걸어도
아무 데도 갈 데가 없었어요
아무리 생각해도
다리만 떨리고
아무 생각도 나지 않았어요
밤늦게 집으로 돌아가
물고기처럼 엄마한테 잘못했다고 했어요
하지만 엄마는
내 얼굴을 보고 울기만 했어요
나는 왜
그런 나쁜 짓을 했을까요

벌써 이틀이나 지났는데
엄마는
아직 슬퍼하고 있어요
선생님 어떡하면 좋아요

야스코, 네가 쓴 시 〈껌 하나〉를 읽고 또 읽었어.

그 애보다 백 배 천 배 나빠요
나빠요
나빠요
나빠요
내가 나빠요

라는 부분과

나 혼자 집을 나갔어요
늘 가던 공원에 갔는데도
다른 나라에 온 것 같았어요, 선생님
어디로 가 버리고 싶었어요
하지만 아무리 걸어도
아무 데도 갈 데가 없었어요
아무리 생각해도

다리만 떨리고
아무 생각도 나지 않았어요

라는 부분과

물고기처럼 엄마한테 잘못했다고 했어요
하지만 엄마는
내 얼굴을 보고 울기만 했어요
나는 왜
그런 나쁜 짓을 했을까요

라는 부분을 읽을 때, 선생님은 눈물이 줄줄 흘러서 혼났어.

사실은 선생님도 어릴 때 도둑질을 한 적이 한 번 있어. 아주 오래 전 일인데도 도저히 잊히지가 않아. 아마 죽을 때까지 못 잊을 거야.

"전쟁이 막 끝난 뒤였습니다. 그 무렵은 먹을 것이 몹시 귀하던 시절이었습니다. 아버지는 고베에서 일하고 있었습니다. 어머니와 우리(형제가 많았습니다)는 오카야마 현에서 살고 있었습니다.

운 나쁘게도 아버지가 탄 전차가 탈선사고를 일으켰습니다. 아버지가 중상을 입고 병원에 입원했다는 소식이 날아왔습니다. 어머니는 모든 일을 내팽개치고 허둥지둥 고베로 달려갔습니다.

남은 우리 형제는 보리죽에 몇 번씩이나 물을 넣어 다시 끓여 먹었습니다. 사흘째에 우리가 학교 간 사이, 막내 남동생이 밥통 속에 있던 보리밥을 죄다 먹어 치워 버렸습니다. 그것 말고 먹을 것이라고는 하나도 없었는데 말이죠. 하루, 이틀 물만 먹으며 견뎠습니다.

사흘이 지나자 배가 고파 일어설 수도 없었습니다. 물론 학교에도 갈 수 없었습니다. 그때 둘째 형이 도둑질을 하자고 했습니다. 이대로는 죽을지도 모른다고 생각했던 것이죠.

형과 나는 학교 뒤에 있는 밭에 갔습니다. 소리가 안 나도록 조심조심 옥수수를 줄기에서 뜯어냈는데, 그때의 공포감은 지금도 또렷이 기억하고 있습니다.

세 개쯤 훔쳐서 옷 속에 감추고 달아나려고 할 때, 숙직 선생님한테 들키고 말았습니다. 그 선생님은 내가 쓴 글을 읽고, 우리 집이 가난하다는 사실을 알고 있었습니다.

그 글은, 어떤 사람이 고구마를 먹고 고구마 꼭지를 버리는 것을 보면서 나 같으면 꼭지까지 다 먹었을 거라고 생각했다는 내용이었습니다.

그 선생님은 나를 전혀 나무라지 않고 집으로 데려가 새하얀 쌀밥을 배불리 먹여 주셨습니다. 밥은 맛있었지만 야단맞는 것보다 훨씬 더 마음이 괴로웠습니다.”

선생님한테 그런 경험이 있기 때문에 〈껌 하나〉를 도저히 무덤덤한 마음으로 읽을 수가 없었어.

야스코가 처음 들고 온 시에는 빠진 부분이 아주 많았어. 야스코가

빠뜨린 부분을 써서 시를 완성한다면 야스코의 마음이 한결 더 아름
다워질 거라고 선생님은 생각했어. 반드시 써야 한다고 생각했어.

야스코도 곧바로 선생님의 마음을 이해했는지, 선생님 옆에서 퇴고
(손질을 해서 좀 더 좋은 작품으로 만드는 일)를 시작했지. 빠뜨린 부분을
쓰면서, 그때 기억이 떠오르는지 야스코는 울었어. 울면서 시를 쓰는
야스코의 모습을 보고, 선생님은 몇 번이나 그만 하자고 말하고 싶었
는지 몰라.

너무너무 고통스러웠어. 그러는 사이에 선생님도 옛날 기억을 떠
올리고 눈물을 흘리고 말았지.

그때 선생님은 껌을 훔친 것은 야스코가 아니라 선생님이라고 생
각했어.

도둑질. 이 불쾌한 말.

하지만 야스코, 야스코는 도둑질을 했어. 그리고 어린 시절에 선생
님도…….

남의 것을 훔치는 일은 어떤 이유로도 용서받을 수 없어. 도둑질을
하는 마음은 말로 표현할 수 없이 부정한 마음이야. 선생님 속에도,
야스코 속에도 그런 마음이 있어. 부끄러운 일이야. 너무너무 한심한
일이야. 야스코의 엄마가 내내 울기만 한 것도 당연해.

야스코, 네가 도둑질을 한 것에 대해 선생님과 함께 잘 생각해 보자
꾸나.

야스코가 껌 하나를 훔친 것은 아마 우연이었을 거야. 순간적으로
그만 그런 마음을 갖게 됐다고 생각해. 하지만 선생님은 우연이 아니

었어. 괴로움에 졌기 때문에 도둑질을 한 거야. 하지만 둘 다 사과만 하면 넘어갈 수 있는 가벼운 죄였어. 사람에 따라서는 "다시는 그러지 마."라는 말 한마디로 넘어가 줄지도 몰라.

야스코, 여기서 잘 생각해야 돼. 가장 중요한 건 도둑질을 했다는 사실이 아니라, 도둑질을 한 뒤의 마음이야.

사람은 나쁜 짓을 하고 나면 반드시 뭔가에 기대려는 마음을 품게 돼. 실컷 야단을 맞고 나면 어쩐지 마음이 후련해지지. 그게 바로 인간이 뭔가에 기대려는 마음을 갖고 있다는 증거야.

아이들도 나쁜 짓을 했을 때 야단을 맞고 나면 훨씬 더 즐겁게 놀지 않니? 어른도 그 모습을 보면서 깊이 반성했나 보다 하고 안심하지.

하지만 양쪽 다 터무니없는 착각을 하고 있는 거야.

아무리 사소한 것이라도 한 번 저지른 죄는 영원히 사라지지 않는다고 선생님은 생각해. 그 죄를 평생 지닌 채 살아가는 것이 인간의 삶이라고 생각해.

야스코.

그걸 잘 생각해 봐.

정말로 엄격한 사람은 한 순간도 자신을 속이지 않아.

야스코의 시는 야스코가 그런 인간이 되고자 하는 증거라고 생각해. 그래서 선생님은 야스코의 시를 읽고 눈물을 흘렸어.

야스코.

선생님은 너를 믿어. 지금 선생님이 할 수 있는 말은 이것뿐이란다.

싫어하는 가게

3학년 무라이 야스코

엄마랑 시장에 갔다

엄마랑 죽순을

보러 가기로 약속했었다

가다가 야스코가 싫어하는

가게 앞을 지나쳤다

야스코가 얼른 뛰어가려니까

"왜 그러니?"

하고 엄마가 물으면서

야스코를 억지로

싫어하는 과자 가게로 데리고 갔다

나는 아줌마 눈에 안 띄려고

엄마 뒤에 숨었다

"애는 벌써 착한 아이가 되었는데도

여기를 지나가는 게 부끄러운가 봐요."

하고 엄마가 말하자

"이제 착한 아이니까

어려워 말고 오렴."

하고 아줌마가 말했다

너는 오늘부터 꽃이야

올 여름은 정말 더웠습니다. 이글이글 타는 듯한 태양이 내리쬐었습니다. 눈앞이 온통 새하얀 느낌이었고 모든 것이 바싹 말라붙었습니다. 그런 불볕더위 속에서도 아이들은 열심히 운동회 연습을 하고 있었습니다. 5학년 여자아이들은 춤 연습을 했습니다. 한낮의 가장 더운 시간에 열심히 연습을 하고 있었습니다.

그중에는 심장판막증이라는 무거운 병을 앓고 있는 오카모토 료코도 있었습니다.

나의 고민

5학년 오카모토 료코

우리 집은 아빠가 실업 중입니다
아빠네 회사는 여름에 쉬고 겨울에 일하는 회사입니다
아빠는 임시직이라서 월급도 많지 않습니다

더구나 지금은 실업 중이라 쌀값도 내지 못합니다

오빠 두 명이 일하고 있지만 작은 오빠는 야간학교에

다니기 때문에 엄마한테 주는 돈이 얼마 안 됩니다

그래서 엄마는 고민입니다

하지만 엄마는 필요한 것은 사 주십니다

나는 되도록 아껴 쓰고 있습니다

이 글에서도 알 수 있듯이 료코네 집은 살림이 넉넉하지 않습니다. 그래서 료코는 늘 가난을 걱정했습니다. 가난을 부끄러워한 것이 아니라 어떻게 하면 엄마가 가난의 고통 속에서 헤어날 수 있을까를 고민했습니다. 료코는 저금통장을 갖고 있었습니다. 통장에는 1700엔이 들어 있었습니다.

료코의 엄마는 수업 참관일 때마다 똑같은 옷을 입고 왔습니다. 엄마는 아무렇지 않았지만 료코는 마음이 쓰였습니다. 어느 날 료코는 통장에서 400엔을 찾아 예쁜 물방울무늬 원피스를 샀습니다. 료코의 엄마는 깜짝 놀랐습니다. 통장의 돈은 수학여행 비용으로 쓰기 위해 조금씩 모으던 돈이기 때문이죠.

나는 료코의 엄마가 그 옷을 입고 교실에 들어오던 날을 지금도 또렷이 기억하고 있습니다. 그 옷은 료코의 엄마한테는 좀 화려했습니다. 별로 어울리지 않았죠. 하지만 료코의 엄마는 전혀 아랑곳하지 않는 얼굴이었습니다. 오히려 척 보기에도 무척 기뻐하고 있다는 것을 알 수 있었죠.

이튿날, 나는 료코에게 말했습니다.

"잘했어."

료코는 서글서글한 눈매로 나를 보며 생긋 웃었습니다. 료코의 성격은 그 상냥한 웃는 얼굴에 그대로 드러나 있었죠.

선생님의 구두

5학년 오카모토 료코

교단 옆에

선생님의 구두가 있다
오른쪽 구두가
누워 있다

왼쪽은
똑바로

일으켜 주고 싶지만
수업 중

그런데 그 상냥한 웃는 얼굴이 갑자기 사라졌습니다. 급성 심부전.
료코의 죽음은 가을날 한 마리 잠자리가 날아오르는 듯한 덧없는 죽음이었습니다. 물방울무늬 원피스를 입은 엄마 모습을 딱 한 번밖에 보지 못하고 료코는 떠나 버렸습니다.

내가 아무리 울어도, 친구들이 아무리 료코의 이름을 외쳐 불러도, 료코는 다시 돌아오지 않았습니다. 이렇게 말도 안 되는 일이 세상에 있을까요?

오카모토 료코가 죽은 일

5학년 시오노 요시오

9조의 핫키한테 오카모토가 죽었다는 말을 들었을 때,
나는 설마 했다.
핫키가 거짓말을 할 리는 없지만
그래도 나는 안 믿었다.
조례가 끝나 교실에 들어가니까 다들
"정말이야?"
"거짓말 아냐?" 하고 말했다.
얼마 뒤 선생님이 들어오셨다.
오늘 선생님은 말도 별로 없고 얼굴도 창백했다.
그리고 책상 앞에 고개를 숙이고 앉아 있었다.
한참 뒤에 선생님이 일어났다.
선생님은 칠판에 커다란 글씨로
"오카모토가 죽었습니다. 슬퍼서 말을 할 수가 없습니다. 오늘은 조용히 공부해 주세요."라고 썼다.

역시 정말이었구나, 하고 나는 생각했다.

죽은 뒤에 두 시간쯤 몸이 따뜻했다고 한다.

나는 잘 모르겠다. 왜 죽었을까.

그날 저녁 7시 반쯤에 선생님이 비옷을 입고

우리 집에 찾아왔다.

선생님은 함께 문상을 가지 않겠냐고 했다.

오카모토의 엄마는 울고 있었다.

괴로운 걸 꾹 참는 울음소리였다.

다음 날, 나는 오카모토한테 줄 선물이랑 흰 꽃을 들고

오카모토네 집에 갔다.

오카모토가 마음에 들어 할지 모르겠지만

꽃이 그것밖에 없었다.

장례식 때 나는 친구들이랑 같이

우리 반 아이들이 가져온 마지막 선물을 관 속에 넣었다.

나는 오카모토의 손과 얼굴을 보았다. 꼭 마네킹 같았다.

나는 꽃을 넣었다. 두 번 넣었다.

우미즈는 울고 있었다.

나는 눈물을 꾹 참고 밖으로 나갔다.

어머니들도

"료코가 울고 있다." 며 울었다.

영구차에 관을 실을 때, 나는 끝내 울고 말았다.

야마다도 울었다.

교실에 돌아와서도 다네쓰구와 몇몇 아이들은

엉엉 울었다.

나가이도 엎드려서 울었다.

오가사하라도 마찬가지였다.

급식도 목에 넘어가지 않았다. 빵은 네 개 다 남겼다.

집에 가서도 오카모토의 엄마가 울던 모습이

머릿속에 떠올랐다.

나는 빨리 잊어버리고 싶다. 하지만 잊어버려지지 않는다.

오카모토가 죽던 날 저녁 7시 무렵은

내가 라디오를 재미있게 듣고 있던 때였는데.

그것은 슬픈 시간이었습니다. 마치 납물 밑바닥에 가라앉아 있는 것 같았습니다.

료코의 친구들은 모두 생기 잃은 눈을 하고 있었습니다. 이렇게 슬픈 일이, 더군다나 이렇게 갑작스레 덮쳐 오리라고는 아무도 생각하지 못했습니다. 슬픔이 이렇게 가슴을 죄어 올 줄은 몰랐습니다.

우리는 두 눈 가득 눈물을 머금은 채 멍하니 하루를 보냈습니다.

돌아오는 길에 누군가 말했습니다.

"내일, 다들 제일 아끼는 걸로 갖고 와. 료코한테 주자."

마지막 이별

5학년 시라하세 기요미

오늘 10시에 반 전체가 오카모토의 장례식에 갔습니다.
한동안 밖에서 기다렸는데,
양달이라 더워서 처마 밑으로 들어갔습니다.
스님이 불경을 외는 소리가 들렸습니다.
이윽고 미토모리가 대표로 이별의 말을 낭독했습니다.
나중에 우리 여섯 명이 대표로
반 아이들이 가져온 물건을 관 속에 넣었습니다.
그리고 오카모토와 마지막 이별을 했습니다.
꼭 자고 있는 것 같아서 "오카모토." 하고 부르면
금방 일어날 것 같았습니다.
이제 두 번 다시 만날 수 없다고 생각하니까
슬퍼서 눈물이 났습니다.
밖에 나가 아이들을 보니까 다들 울고 있었습니다.
영구차 안에 실을 때는 끝까지 참고 있던
와타나베마저 울기 시작했습니다.
이대로 화장터에 가서 불타 버린다고 생각하니까
너무너무 가엾어서 또 눈물이 났습니다.
학교로 돌아가는 내내 모두 울고 있었습니다.
교실에 들어가니까 오카모토의 자리에

꽃이 꾸며져 있습니다.
아직 거기에 오카모토가 앉아 있는 것 같고
지금이라도 "기요미." 하고 나를 부를 것 같았습니다.
급식을 먹을 때도 다들 평소처럼 떠들지 않고 조용했습니다.
급식도 맛이 없어서 별로 먹고 싶지 않았습니다.

친구를 생각하는 아름다운 마음이 꽃처럼 탐스럽게 피었습니다.
슬퍼서 흘리는 눈물은 세상에서 가장 고결한 것이었습니다.
료코의 시신이 안치된 하얀 관을 떠나보내는 친구들의 얼굴은 하
나같이 눈물로 얼룩져 있었습니다. 모두들 마지막 이별을 했습니다.
아이들의 이별의 말은 세상에서 가장 아름다운 시였습니다.

이별의 말

5학년 미토모리 미사코

오카모토, 왜 죽었어
할 수만 있다면 다시 한 번
우리랑 같이 공부하고 놀았으면 좋겠어
우리 반은 네가 같이 있다고 생각하고
네 자리를 비워 놓을 거야
너무 갑작스러운 일이라서
나는 네가 죽었다고 생각되지 않아

놀고 있을 때도 공부를 할 때도
하늘에서 우리를 지켜봐 줘
너는 오늘부터 꽃이야
너라고 생각하고 책상 위에 꽃을 놓아둘게
오늘부터 함께 공부하는 거야
운동회도 하고 소풍도 가
천국에 가서도 천사가 되어 즐겁게 지내
너네 엄마는 우리가 가서 위로해 드릴게
그러니까 걱정 마
네가 없어도
우리 마음속에는 네가 있어
지금까지 사이좋게 지냈던 오카모토
안녕, 안녕

이별의 말

5학년 오니시 마사오

우리 교실에서
오카모토가 없어졌습니다
지금까지 오카모토하고 놀지 못한 거 미안해
하지만 앞으로는 같이 놀자

하고 말해 봤자 같이 놀지 못하니까
꿈속에서 같이 놀자
피구도 하고 테니스도 하고 놀자
오늘 밤에는 꼭 네 꿈을 꿀게
하지만 혹시 못 꿀지도 모르니까
네 그림을 그려서 이불 밑에 넣고 잘게
그러면 틀림없이 꿀 거야

이별의 말

5학년   다가 히사코

오카모토
아쉽지만 운동회는 못 하겠구나
운동회할 때 하늘에서 보고 있어
선생님이 말했다
"료코의 책상을 비우고
꽃다발을 놓아둘까?"
내 마음이 꿈틀꿈틀 움직이고 있었다
선생님의 눈에서 눈물이 흐르고 있었다
하늘 속에서 좋은 꿈 꿔
구름 속에서 지켜봐 줘

✿ 노란 우산과 치아키

　1학년 담임을 맡은 지 얼마 안 되어서였습니다. 나는 치아키라는 한 아이를 맡았습니다. 치아키는 병을 앓는 바람에 정신지체 장애를 갖게 된 아이입니다.

　치아키가 어떤 상태에서 학교생활을 했는지 다음의 글을 읽으면 잘 알 수 있습니다. 다음은 갓 1학년이 된 아이들의 글로, 이 시기에는 제대로 된 문장을 쓰기 어렵다는 점을 밝혀 둡니다.

　―치아키는 아무것도 안 합니다. 에레레레, 어버버버라는 말만
　　합니다.

미야키타 지로

　―치아키는 말을 못합니다. 대신에 뭐든지 다 먹습니다. 위험한
　　데 갈 때는 당번을 정해서 따라갑니다.

가와바타 히로시

　―언제나 치아키는 오줌 누러 갈 때 "쉬, 오줌." 하고 말합니다.

전에는 교실에서 오줌을 쌌습니다.

전에도 미끄럼틀에서 팬티가 벗겨져서 엉덩이가 보였습니다.

마치 가스로

— 치아키는 손으로 급식을 먹는다. 말릴 수가 없다.

치아키는 병에 걸려서 바보가 되었기 때문에 제멋대로 군다.

급식 시간에 남의 것을 먹는다. 선생님을 고생만 시킨다.

쓰다 마사토시

— 치아키의 말은 잘 알아들을 수가 없어서 힘듭니다.

공부 시간에도 자꾸 미끄럼을 타서 힘듭니다.

치아키가 자꾸 도망쳐서 쫓아가느라 땀이 납니다.

자꾸 쫓아가면 넘어져서 울기 때문에 힘듭니다. 안 쫓아가면 종이 울려도 모르고 교실에 들어오지 않아서 모두 걱정하니까 우리는 꾹 참고 치아키 옆에 있습니다.

구니모토 후사요

치아키가 하는 말 가운데 사람들이 알아들을 수 있는 말은 "쉬, 오줌."이라는 말뿐입니다. 그래서 난처한 경우가 많습니다. 치아키가 뭔가 바라는 게 있어도 말을 알아듣지 못하니까 해 줄 수가 없습니다. 그러면 치아키는 화를 냅니다. 치아키가 한번 화나면 손을 쓸 수가 없습니다. 응석쟁이 열 명을 한데 모아 놓은 것 같습니다.

그러다 보니 치아키의 치다꺼리를 하느라 하루에 한 시간도 변변히 공부를 할 수 없습니다. 그래서 다 같이 의논을 해서 치아키 당번을 정했습니다.

초등학교 1학년은 자기가 할 일도 스스로 알아서 하기 힘든 나이라고들 하죠. 하지만 다들 최선을 다해 주었습니다. 구니모토 후사요의 글을 읽으면 그 사실을 잘 알 수 있습니다.

여기까지는 괜찮았습니다. 그런데 누가 이런 말을 하더군요. 치아키 같은 아이를 돌보느라 다른 아이들을 희생시키는 것은 옳지 않다고 말입니다.

말마따나 치아키는 학교에서 아무것도 하는 일이 없습니다. 자기 자리가 어디인지도 모르는 정도이니 할 수 있는 것이 없을 수밖에요.

하지만 이 말만은 분명히 할 수 있습니다. 치아키도 인간입니다. 정신지체 장애가 있다고 해서 소를 키우듯이 한 자리에 묶어 둘 수는 없습니다.

정신지체아들이 다니는 학교에 보내면 된다고 생각하는 사람도 있습니다. 하지만 지금 치아키는 그럴 수도 없는 처지입니다.

그렇기에 고민스러운 거죠.

거듭 말하지만, 치아키는 정신지체아지만 인간이라는 점에서는 우리와 다르지 않습니다.

지금 치아키를 우리 반에서 쫓아낸다면 치아키를 맡아 줄 곳은 아무데도 없습니다. 다시 말해서 그날부터 치아키는 인간으로서 대우를 받을 수 없게 되는 것입니다.

하지만 치아키가 엄청난 골칫덩이인 것도 사실입니다.

　—나는 치아키한테 화내지 않는다. 급식 시간에 치아키가 내 밥을 먹었다. 그래도 나는 화내지 않았다. 새로 산 책을 찢었다. 그래도 화내지 않았다.
　공부 시간에 치아키가 내 필통이랑 지우개랑 책받침을 빼앗아 갔지만 나는 치아키랑 기차 놀이를 하고 놀았다. 화를 내지 않으니까 치아키가 좋아졌다.

모쿠타 준이치

　이 글을 읽고 나는 문득 생각했습니다. '치아키가 과연 우리에게 피해만 주고 있을까. 만약에 글을 쓰고 계산을 하는 것만이 공부라면, 치아키는 분명 우리에게 피해를 준다. 하지만 그것만이 공부가 아니다. 서로 사이좋게 지내고 인간으로서 가치를 서로 인정하는 것도 중요한 공부다. 치아키는 교과서만큼이나 중요하다. 치아키가 좋아짐으로써 모두가 좋아진다. 이런 등식은 성립될 수는 없을까?' 나는 그렇게 생각했습니다.
　모쿠타 준이치는 인내심으로 또 다른 새로운 마음의 문을 열었습니다. 이것은 어려운 수학 문제를 푼 것만큼 가치 있는 일입니다. 어른의 보살핌을 받아야 하는 1학년 아이들이 어른인 나조차 버거운 치아키 보살피기를 거뜬히 해냈습니다. 이것은 시험에서 백 점 만점을 받은 것만큼 가치가 있습니다.

그렇게 치아키를 돌보는 가운데 여러 생각들이 탄생했습니다.

— 치아키가 말썽을 부리면 다 같이 주의를 주는 게 좋다고 생각합니다.
다들 치아키를 좋아하죠? 그렇다고 치아키가 무엇을 하든 다 받아 주는 것은 잘못이라고 생각합니다.
여러분은 제 생각과 다른가요?

데라사카 구니오

— 치아키.
연습하지 않으면 영영 병이 낫지 않을 거야.
나쁜 행동을 고치지 않으면 우리는 괜찮지만 치아키가 똑똑해지지 않잖아.
내 생각인데, 치아키도 공부를 하면 똑똑해질 것 같아. 선생님은 어떻게 생각하세요?

야마모토 사키코

이 1학년들은 다 같이 치아키의 장난감을 만들어 주었습니다. 급식 나를 때 쓰는 수레를 고쳐서 만든 것입니다. 치아키는 노란 우산을 받쳐 쓰고 그 수레를 타고 있습니다. 데굴데굴데굴 소리를 내며 교실을 돌아다닙니다.
그 옆에서 다른 아이들은 조용히 내 수업을 듣고 있습니다. 희한한 광경이지만 또 이만큼 아름다운 광경도 없지 않을까요?

─치아키가 안 오니까 쓸쓸하다. 아직 글씨 못 쓰니까 빨리 배워.

나, 기다리고 있을게.

치아키, 집이 어딘지 가르쳐 줘.

또 같이 놀자.

말도 빨리 배워.

연필을 쥐고 어서 점잖아져.

오르간도 배워. 그림도 그려.

요시무라 다카시

뼈야, 너는 나한테
다리가 있는 줄 알고 자라 주었구나

따사로운 햇살이 법정 안으로 비쳐 들고 있었습니다. 판사가 긴장한 표정으로 들어왔습니다. 다카하시 사토루의 어머니가 판사의 얼굴을 뚫어질 듯 바라보고 있었습니다.

"본 법정은 원고 다카하시 사토루의 승소 판결을……."

'이겼다!'

한순간 어머니는 그 자리에 주저앉을 뻔했습니다. 지금까지의 고통스럽던 날들이 머리를 스쳐 지나갔습니다.

추운 겨울날 수도 없이 오갔던 법원, 비 오는 날이나 바람 부는 날이나 하루도 빠짐없이 찾아갔지만 아무 도움도 주지 않았던 교통사고 고충상담소, 말로는 표현할 수 없는 고통에 어머니는 머리까지 하얗게 새고 말았습니다.

"어린이의 심신에 돌이킬 수 없는 손실을 입히고……."

판사의 말이 이어집니다.

그 아이는 어두운 병실에서 울며 지냈다고, 어머니는 생각했습니

다. 아직 어린 나이인데도 죽음의 그림자에 떨어야 했다고, 어머니는
눈물을 흘렸습니다.

　—선생님. 나, 병원에 있을 때 밤이 되면 자꾸 죽는 생각이 나서
　눈물이 나올 것 같았어요. 나, 죽는 게 너무 싫어서 항상 아빠
　한테
　"죽으면 다시 살아나?"
　하고 물었어요. 아빠는 귀찮으니까 사실대로 말 안 해요. 다시
　살아난다고만 해요. 엄마한테 물으니까,
　"다시 살아나지 않아."
　하고 말했어요. 아빠는 다시 살아난다고 했다니까, 엄마는
　"거짓말이야. 사토루가 자꾸 물으니까 귀찮아서 다시 살아난
　다고 거짓말한 거야."
　하고 말했어요.
　사실은 나, 퇴원하고 나서도 밤만 되면 눈물이 나올 것 같아 견
　딜 수 없었어요. 잊어버리려고 해도 잊어지지가 않아요. 선생
　님, 잊게 해 주세요.

사토루의 낙서장 〈흙탕물〉에서

　"다카하시 사토루가 입은 마음의 상처가 얼마나 깊은지, 여기 이
한 편의 시에도 뚜렷이 나타나 있다⋯⋯."
　그렇게 말하며 재판장은 사토루가 쓴 시를 소리 내어 읽기 시작했

습니다. 아, 사토루의 시가 재판장의 마음을 움직였구나, 하고 어머니
는 생각했습니다.

나의 다리

2학년   다카하시 사토루

나는 유치원 때
트럭에 치였다
치였을 때 피가 막 나왔다
엄마가
"큰 소리로 울면
경찰 아저씨가 잡아간다."
고 해서 꾹 참았다
그리고 구급차에 실려
미야지 병원에 갔다
전기톱으로 다리를 잘랐다
마취를 했기 때문에
자른 것을 몰랐다
그리고 한밤중에 울었다
깨어나 보니까 깜깜해서
아빠랑 엄마밖에 보이지 않았다
나는 병원에서

만날 울기만 했다
퇴원하고는
텔레비전만 봤다
그리고 한참 있다가 뼈가 자랐다
나는 밤에
마음속으로 생각했다
'뼈야, 너는 나한테 다리가 있는 줄 알고 자라 주었구나.'

다카하시 사토루는 어른의 부주의로 감당하기 힘든 불행을 짊어진 채 학교에 입학했습니다. 신체검사 때는 의족을 보이기 싫어서 끝내 검사를 받지 않았죠. 학교에 오는 것도 싫어해서 곧잘 결석을 했습니다. 그때마다 나는 편지를 써 보냈습니다.

"어제 사토루가 학교에 안 와서 선생님이 많이 걱정했어. 사토루는 의족이 부끄럽구나? 그래도 선생님은 사토루가 좋아. 의족을 달고 있어도 좋아. 의족을 달고 있기 때문에 다른 아이들보다 훨씬 더 좋아. 힘든 일이 있으면 편지해 줘."

그러자 답장이 왔습니다.

"나, 토요일 날 학교 안 갔잖아요. 뭐 했는지 가르쳐 줄게요. 사자처럼 막 울었어요. 그러다가 바닷가에 갔어요. 나, 바닷가에서 게를 잡았어요. 조그만 게가 무지무지 많았어요. 커다란 게도 많았어요."

혼자서 게를 친구 삼아 놀고 있는 사토루의 마음을 나는 잘 이해할 수 있습니다. 다리가 잘려 나간 게가 보이면 조심조심 통에 담았을지도 모르죠.

　이런 일이 있기는 했지만 다카하시 사토루는 원래 성격이 밝은 아이였습니다.

거꾸로 나라

2학년　다카하시 사토루

여기가 거꾸로 나라라면 재미있을 거야
부자가 가난뱅이고
돈 한 푼 없는 사람이 엄청난 부자야
도둑놈이 들어오면
"손 들어." 하지 않고
"발 들어." 해서
엉덩방아를 찧겠지
그리고 도둑놈이 돈을 줄 거야

　누가 이 시를 보고, 다리를 잃고 고통 받고 있는 아이가 썼다고 상상할 수 있을까요. 사토루는 다리를 잃고 몹시 힘들어하고는 있었지만 그 때문에 마음까지 비뚤어지지는 않았습니다. 오히려 누구보다 마음이 넓고 대범했죠.

해바라기

2학년   다카하시 사토루

선생님 나

해바라기 싹이 무럭무럭 자라서

꽃이 피고

자꾸자꾸 뻗어 올라

하늘까지 닿으면

구름 위에서 모험을 할 거예요

〈잭과 콩나무〉처럼

황금 알을 낳는 닭이 있으면

잡아 와서

황금 알을 낳게 할 거예요

그걸 돈으로 바꿔서

먹을 것이랑

장난감을 살 거예요

선생님 재미있죠?

선생님도 뭐 사 드릴까요?

　언제부터인가 사토루는 의족을 별로 신경 쓰지 않게 되었습니다. 그 무렵, 의족과 맞닿는 다리 끝 부분에서 뼈가 자라나 의족과 부딪히는 바람에 몹시 아팠습니다. 그래도 사토루는 그럭저럭 쾌활해 보였죠. 처음에 1주일에 한 번꼴로 결석을 했지만 이윽고 2주일에 한 번이 되고 다시 한 달에 한 번꼴로 바뀌자, 나는 사토루가 학교를 쉬어도 특별한 눈으로 보지 않게 되었습니다. 하지만 왜 갑자기 그런 변화가 생겼는지는 알 수 없습니다. 딱히 내가 어떤 역할을 한 것도 아닙니다.

온천

2학년　다카하시 사토루

어제 저녁에
치킨라면을 먹었더니
뱃속에
온천이 생긴 것 같다

지금 생각하면 그 원인은 사토루의 마음에 있었던 것 같습니다. 이렇게 멋진 시를 쓸 수 있는 마음의 소유자가 어떻게 비뚤어진 성격으로 자랄 수 있을까요.

그날은 운동회 날이었습니다. 달리기 경주입니다. 1학년들이 네 줄로 나란히 서서 입장했습니다. 팔다리를 있는 힘껏 흔들면서요. 그 가운데 사토루가 있습니다. 수줍은 얼굴로 웃고 있습니다.

출발 신호가 울렸습니다. 꼬마 토끼 같은 아이들이 일제히 달려 나갔습니다.

사토루가 달립니다. 물론 몹시 절룩거렸습니다. 의족이 삐걱거립니다. 사토루의 입에서 불처럼 뜨거운 숨결이 헉헉 새어 나옵니다. 새빨개진 얼굴로, 사토루는 달립니다. 모두들 결승선으로 뛰어들었습니다. 하지만 사토루는 이제 겨우 절반을 달렸습니다.

언제 울음을 터뜨리며 포기할까, 보고 있는 사람들은 가슴이 조마조마했습니다. 하지만 사토루는 눈앞에 펼쳐진 푸른 하늘을 바라보고 있을 뿐이었죠.

분한 마음, 부끄러운 마음은 털끝만큼도 없습니다. 사토루는 그저 달리기만 합니다. 가진 힘을 모두 짜내어 하늘에라도 오를 듯이 달리고 있습니다. 그 무거운 의족을 끌며 오로지 달리고 있습니다. 만약 신이 있다면 지금 이렇게 달리고 있는 사토루야말로 신이 아닐까요?

＊사토루는 지금 후지모토 스미코라는 훌륭한 선생님의 지도를 받으며 훨씬 더 훌륭한 시를 쓰고 있습니다. 이 글을 쓸 때도 후지모토 선생님의 도움을 받았습니다.

마코탱탱 이야기

마코탱탱 이야기를 하겠습니다. 이 이야기를 읽고 '좋은 시를 쓰는 아이는 어디가 달라도 다르구나.'라고 생각하는 사람도 있고 '뭐야, 나하고 똑같잖아?'라고 생각하는 사람도 있겠죠. 뭐, 어느 쪽이든 상관없습니다. 다만 '시'라는 녀석이 어쩐지 아주 오래전부터 무지무지 좋아하던 친구처럼 느껴지리라는 것만은 보장하죠.

자, 이제부터 마코탱탱 이야기를 시작하겠습니다. 아차차, 한 가지 빼먹었군요. 마코탱탱 이야기는 내가 쓴 것이 아닙니다. 나는 마코탱탱의 친구들이 쓴 글을 모아 여러분에게 보여 주는 것뿐입니다.

— 우리 반은 모두 별명이 있다. 선생님은 탄 빵, 감둥이. 나는 오줌, 합죽이, 쉬야. 마코토의 별명은 마코탱탱. 그중에서 마코토의 별명이 가장 이상하다. 왜 마코탱탱이라고 부르냐면, 마코토에서 마코탱이로, 마코탱이에서 마코탱탱으로 변했기 때문이다.

2학년 시노 유리코

다음은 마코탱탱이 1학년 때의 일입니다.

—마코토는 화가 나면 원자폭탄 같아진다. 선생님한테 야단맞으면 급식을 안 먹었다. 내가 먹으라고 하니까, 마코토는 싫어, 하고 레오폰(수표범과 암사자 사이에서 난 혼혈종)처럼 허엉허엉 큰 소리로 울었다. 반찬이 얹혀 있는 밥그릇을 팍팍 던지고 칼피스(일본의 유산균 음료)를 내던졌다. 그리고는 흙 묻은 코딱지를 먹었다. 청소 시간에도 바닥에 드러누웠다. 청소가 끝나도 누워 있었다. 마코토는 먼지를 덮어써 하얘졌다.　　2학년　구보타 신페이

이 무렵 학교에서 마코탱탱은 글도 안 쓰고 그림도 안 그렸을 뿐 아니라 아무것도 하지 않았습니다. 2학년이 되고, 학생회에서 마코탱탱이 좋아하는 딱지를 금지하자 처음으로 다음과 같은 글을 썼습니다.

딱지

2학년　구로다 마코토

딱지는 재미있으니까
못 하게 하면 안 돼
나는 딱지를 못 하게 하면
밥 안 먹을 거야
나는 딱지가 없으면

공부도 안 할 거야
딱지가 없으면
나는 죽는 게 나아
나는 딱지를 찢으면
아무것도 안 할 거야
딱지는 내 친구니까
찢으면 안 돼

마코탱탱은 2학년이 된 뒤로는 화가 나도 막무가내로 행동하지는 않게 되었습니다. 하지만 역시 보통 아이들과는 달랐습니다.

우선, 음악 시간에 〈제니제니〉라는 재즈곡을 부릅니다. 내가 딱히 말리지 않기 때문에, 마코탱탱은 두꺼비 이마 같은 이마에 땀을 흘려 가며 열심히 부릅니다. 툭하면 우는 버릇도 여전합니다.

—마코탱탱은 요즘도 툭하면 운다. 얼마 전에는 미술 시간에도 울었다. 내가 물어보니까 예쁜 색깔이 안 만들어져 그런다고 한다. 그런 일로 왜 우는지 너무 이상하다.

2학년 하마사키 아키노리

흉내

2학년 구로다 마코토

모두가 몰래몰래 옆사람의
'그림'이랑 '시'를 흉내 내지만
나는 흉내 내는 게 제일 싫어
남이 발명한 것을
그대로 따라 하는 건 나빠
모두의 마음속에는
검은 옷을 입은 흉내쟁이 귀신이
히히히 웃으며 살고 있을 거야

마코탱탱이 울면서까지 예쁜 색깔을 만들어 내려는 마음, 여러분은 이해할 수 있나요? 마코탱탱은 무슨 일에든 금세 푹 빠져 버리는 버릇이 있습니다. 그림에든 장난에든 말이죠.

─돌아오는 길에 마코토가 "저기 저 간판, 부술까?" 하고 말해서 다들 "응, 부수자." 하면서 달려가서 산타클로스 간판을 부수기 시작했습니다. 오야마는 바깥쪽을, 하라랑 후루카와는 안쪽을 맡았습니다. 겉은 종이로 되어 있어서 쉽게 찢어졌는데 안쪽은 합판으로 되어 있어서 잘 안 부서졌습니다. 그래서 마코토랑 내가 안쪽에 들어가 툭탁툭탁 마구마구 두들겼습니다.

한참 두들기다가 마코토가 "손 아파." 하고 말해서 다른 아이들도 진짜 아프다고 했습니다. 마코토는 아직 다 못 부쉈다면서 또 열심히 간판을 부쉈습니다.　　　　　2학년 마루 히데오

마코탱탱도, 그 친구들도 어지간한 말썽쟁이죠.

— 나, 얼마 전에 마코토랑 싸웠다. 그림 상을 받은 걸로 "잘난 척하지 마." 했더니 "뭐야?" 하길래 "너네 엄마, 안경원숭이지!" 했더니 "으아앙! 으아앙!" 하고 울었다. "어유, 시끄러워." 하고 내가 말하니까 "이 자식이!" 하면서 내 머리를 콱 물었다.　　　　　2학년 오야마 후미오

그런데 마코탱탱은 이 말썽쟁이 친구들을 쥐죽은 듯 조용하게 만든 적이 있습니다. 마코탱탱이 이 시를 썼을 때입니다.

아빠

　　　　2학년 구로다 마코토

우리 아빠는
새까만 옷이랑 바지를 입고 있지만
깔보지 마
우리 아빠가 없으면

공장이 안 돌아가

새까만 옷이랑 바지를 입고 있지만

월급은 많아

우리 아빠를 깔보면

용서 안 해

평사원인 줄 알면 착각이야

우리 아빠는 얼굴이 까매서

다들 무서운 줄 알지만

별로 안 무서워

다른 집 아빠보다 상냥해

마코탱탱 이야기는 이것으로 끝입니다. 아니, 마코탱탱은 아직 2학년이니까 마코탱탱 이야기는 앞으로도 쭉 계속되겠죠.

여러분은 마코탱탱에게 점수를 준다면 몇 점을 주겠습니까? 나는 마코탱탱이 3학년이 되면 100점을 줄 생각입니다.

선생님, 내 부하 해

2학년 구보타 신페이

선생님, 재주 부리는 원숭이가 돼서
사람들 앞에서 쉬해
선생님, 토인종이 돼서
내 부하 해
그래서 성적표에 전부 '수' 줘